EXERCICES GRADUÉS

SUR LA

COMPOSITION FRANÇAISE.

SECONDE PARTIE.

CAHIER DU MAITRE.

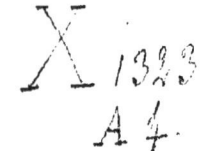

AVIS IMPORTANT.

Cette seconde partie , appelée *Cahier du maître*, est exclusivement destinée aux parens et aux maîtres. Ils sont invités à ne pas la laisser entre les mains des élèves ; une telle négligence ferait manquer le but d'utilité de cet ouvrage.

Imprimé chez Paul Renouard, rue Garancière, n. 5.

MÉTHODE GRADUÉE

POUR EXERCER LES JEUNES GENS

A LA

COMPOSITION FRANÇAISE,

PAR L. GAULTIER.

OUVRAGE DIVISÉ EN DEUX PARTIES,

dont l'une est destinée à l'élève, et l'autre au maître.

SECONDE PARTIE.

CAHIER DU MAITRE,

OFFRANT

les mots supprimés dans le texte des exercices gradués,
et que l'élève doit rétablir après qu'il aura
rempli à sa manière les lacunes
de son cahier.

NOUVELLE ÉDITION.

A PARIS,

CHEZ JULES RENOUARD ET Cⁱᵉ, LIBRAIRES,

Éditeurs-propriétaires des ouvrages élémentaires de l'abbé Gaultier,
RUE DE TOURNON, N. 6.
1839.

EXERCICES GRADUÉS

LA COMPOSITION FRANÇAISE.

PREMIÈRE PARTIE.

I.

Vaisseau de Télémaque surpris par le calme.

Les vents se turent ; les plus doux zéphyrs même semblèrent retenir *leurs haleines;* toute la mer devint unie comme *une glace;* les voiles abattues ne pouvaient plus animer le *vaisseau;* l'effort des rameurs, déjà fatigués, était *inutile.* Fénélon.

II.

Chute des grands empires.

Si les hommes apprennent à se modérer en voyant mourir les rois, combien plus seront-ils frappés en voyant mourir les *royaumes mêmes !* Et où peut-on recevoir une plus belle leçon de la vanité des *grandeurs humaines ?* Bossuet.

III.

La patience comparée à la bravoure.

Ah ! je ne veux plus tant admirer les braves, ni les *conquérans.* Madame m'a fait connaître la vérité de cette parole du sage : « Le « patient vaut mieux que le *brave;* et celui qui dompte son cœur « vaut mieux que celui *qui prend des villes.* » Bossuet.

IV.

Calypso remet au lendemain matin la fin de l'histoire de Télémaque.

Demain, quand l'Aurore avec ses doigts de rose entr'ouvrira les *portes dorées de l'orient,* et que les chevaux du Soleil, sortant de l'onde amère, répandront les *flammes du jour* pour chasser devant eux *toutes les étoiles du ciel,* nous reprendrons, mon cher Télémaque, l'histoire de vos malheurs. Fénélon.

V.

Télémaque aux prises avec Hippias.

L'épée se rompt dans leurs mains ; ils se saisissent et *se ser-*

rent l'un l'autre. Les voilà comme deux bêtes cruelles qui cherchent à *se déchirer :* le feu brille dans leurs yeux ; ils se raccourcissent, ils *s'allongent*, ils se baissent : ils *se relèvent*, ils *s'élancent*, ils sont altérés de *sang*. Les voilà aux prises, pieds contre *pieds*, mains contre *mains:* ces deux corps entrelacés paraissent *n'en faire qu'un.* FÉNÉLON.

VI.

Rapidité du temps et brièveté de la vie.

Les hommes passent comme les fleurs qui s'épanouissent le matin, et qui le soir *sont flétries* et *foulées aux pieds.* Les générations des hommes s'écoulent comme les ondes *d'un fleuve rapide* ; rien ne peut arrêter le temps, qui entraîne après lui tout ce qui paraît le plus *immobile.* FÉNÉLON.

VII.

Fruits qu'on tire de ses fautes.

Souvent on tire plus de fruit de ses fautes que de ses belles actions : les grandes actions *enflent le cœur*, et *inspirent une présomption dangereuse ;* les fautes *font rentrer l'homme en lui-même*, et lui rendent la sagesse qu'il avait perdue dans les *bons succès.* FÉNÉLON.

VIII.

Philoclès inflexible au discours d'Hégésippe.

Semblable à un rocher contre lequel les vents *combattent en vain*, et où toutes les vagues vont *se briser en gémissant*, il demeurait immobile; et les prières ni les raisons ne trouvaient aucune ouverture pour *entrer dans son cœur.* FÉNÉLON.

IX.

Sagesse prématurée de Turenne, et vigueur long-temps conservée.

Il a eu dans la jeunesse toute la prudence d'un âge avancé, et dans un âge avancé *toute la vigueur de la jeunesse.* Ses jours ont été pleins, selon les termes de l'Ecriture ; et, comme il ne perdit pas ses jeunes années dans la mollesse et dans la *volupté*, il n'a pas été contraint de passer les dernières dans l'*oisiveté* et dans la *faiblesse.* FLÉCHIER.

X.

Patience et douceur d'un magistrat.

Il écoutait avec *patience*, et répondait avec *douceur.* « N'ajou-

« tons pas, a-t-il dit souvent, au malheur qu'ils ont d'avoir des
« procès, celui d'*être mal reçus de leurs juges;* nous sommes
« établis pour examiner leurs droits, et non pas pour *éprouver*
« *leur patience.* FLÉCHIER.

XI.

Fléaux réunis de la famine et de la peste.

La terre ne produisait point de *fruits;* l'air n'avait que de
malignes influences; la vie manquait aux uns, la mort *surprenait les autres :* les élémens semblaient être conjurés contre les
hommes, qui se voyaient réduits à la triste nécessité de périr ou
par la *colère du ciel,* ou par la *stérilité de la terre.* FLÉCHIER.

XII.

Les femmes doivent être douces.

Le ciel ne les fit point insinuantes et persuasives, pour *devenir
acariâtres;* il ne les fit point faibles pour *être impérieuses;* il
ne leur donna point une voix si douce, pour *dire des injures;*
il ne leur fit point des traits si délicats, pour *les défigurer par la
colère.* Quand elles se fâchent, elles *s'oublient;* elles ont souvent
raison de se plaindre; mais elles ont toujours tort de *gronder.*
J.-J. ROUSSEAU.

XIII.

Lecture des romans dangereuse pour les filles.

Une pauvre fille, pleine du tendre et du merveilleux qui
l'ont charmée dans ses lectures, est étonnée de ne trouver point
dans le monde de vrais personnages qui *ressemblent à ces héros :*
elle voudrait vivre comme ces princesses imaginaires qui sont,
dans les romans, toujours *charmantes,* toujours *adorées,* toujours *au-dessus de tous les besoins.* Quel dégoût pour elle de
descendre de l'*héroïsme* jusqu'au *plus bas détail du ménage!*
FÉNÉLON.

XIV.

Devoirs des pères.

Comme la véritable nourrice de l'enfant est la *mère,* le véritable précepteur est le *père.* Qu'ils s'accordent dans l'ordre de
leurs fonctions, ainsi que dans *leur système;* que des mains de
l'un l'enfant passe dans *celles de l'autre :* il sera mieux élevé
par un père judicieux et borné que par le *plus habile maître du*

monde ; car le zèle suppléera mieux au talent que le talent au *zèle.* J.-J. ROUSSEAU.

XV.

Caractère des avares.

Il y a des gens qui sont mal logés, mal *couchés*, mal *habillés*, et plus mal *nourris ;* qui essuient les rigueurs des *saisons ;* qui se privent eux-mêmes de la *société des hommes*, et passent leurs jours dans la *solitude ;* qui souffrent du présent, du *passé* et de l'*avenir;* dont la vie est comme une *pénitence continuelle* et qui ont ainsi trouvé le secret d'aller à leur perte par le *chemin le plus pénible :* ce sont les *avares.* LA BUYÈRE.

XVI.

Abus qu'on fait de l'esprit.

Il est assez ordinaire aux personnes à qui le ciel a donné de l'esprit et de la vivacité, d'abuser des grâces qu'elles ont reçues. Elles se piquent de briller dans les *conversations*, de réduire tout à *leur sens* , et d'exercer un empire tyrannique sur les *opinions.* L'affectation, la hauteur, la présomption, corrompent *leurs plus beaux sentimens ;* et l'esprit qui les retiendrait dans les bornes de la modestie, s'il était solide, les porte ou à des *singularités bizarres,* ou à *une vanité ridicule,* ou à des *indiscrétions dange - reuses.* FLÉCHIER.

XVII.

Bonté et affabilité d'un magistrat.

Qu'il était éloigné de ceux qui, joignant à la sévérité de leur *pro- fession* la rudesse de leur *humeur*, affligent les pauvres de Jésus-Christ, et désespèrent, par leur *dureté*, des misérables qui ne gémissent déjà que trop sous le poids de leur *mauvaise fortune,* qui craignent plus leurs juges que leurs *parties*, et qui regardent le mépris qu'on a pour eux comme un avant-coureur de l'*injus- tice qu'on leur va faire !* FLÉCHIER.

XVIII.

Prudence de madame la Dauphine.

Qui de vous, sur des bruits incertains, l'ouït jamais parler désavantageusement de personne ? Ne se fit-elle pas une religion de donner un frein à *sa langue* en un siècle où l'on blâme indifféremment les *vices* et les *vertus*, où l'on se fait une étude des *défauts d'autrui*, où la malignité des uns se joue de la *faiblesse des autres*, où, par un juste jugement de Dieu, la vanité insulte à la *vanité*, et où les plus sages ont peine à se sauver de l'*iniquité des jugemens* et de la *contradiction des langues* ? FLÉCHIER.

XIX.

Guerre de la Fronde.

Souvenez-vous, messieurs, de ce temps de désordre et de trouble où l'esprit ténébreux de discorde confondait le devoir avec la *passion*, le droit avec l'*intérêt*, la bonne cause avec la *mauvaise*; où les astres les plus brillans souffrirent presque tous *quelque éclipse*, et les plus fidèles sujets se virent entraînés malgré eux par le *torrent des partis*; comme ces pilotes qui, se trouvant surpris par l'orage en pleine mer, sont contraints de quitter la *route qu'ils veulent tenir*, et de s'abandonner pour un temps au gré des *vents* et de la *tempête*. FLÉCHIER.

XX.

Le laboureur après son travail.

Le laboureur rentre avec sa charrue; et ses bœufs fatigués marchent le cou penché, d'un pas *lent* et *tardif* malgré l'aiguillon qui *les presse*. Tous les maux du travail finissent avec la journée. Les pavots que le sommeil, par l'ordre des dieux, répand sur la terre apaisent tous les noirs soucis par *leurs charmes*, et tiennent toute la nature dans *un doux enchantement*; chacun s'endort sans *prévoir les peines du lendemain*. FÉNÉLON.

XXI.

Personne charitable dans la conversation.

Ni sa bouche ni ses oreilles n'ont jamais été ouvertes à la médisance, parce que la sincérité de son cœur en chassait cette jalousie secrète qui *envenime presque tous les hommes contre leurs semblables*. Elle savait donner de la retenue aux langues *les moins modérées*, et l'on remarquait dans ses entretiens cette charité dont parle l'apôtre, qui n'est ni *jalouse* ni *ambitieuse*, toujours si disposée à croire le bien qu'elle ne peut pas même *soupçonner le mal*. BOSSUET.

XXII.

Grandeur d'âme dans les actions les plus communes.

Qui ne sait que la véritable vertu s'étend et se resserre quand il le faut, et qu'il y a de la grandeur à s'acquitter constamment des moindres devoirs? Dans les affaires d'éclat, où l'on est soutenu par le *désir de la gloire*, par les *espérances de la fortune*, par le *bruit des acclamations* et *des louanges*, souvent on se contraint, et l'on *se déguise :* mais dans une vie particulière et *retirée*, où l'âme, sans intérêt et sans *précaution*, s'abandonne à ses mouvemens naturels, on *se découvre tout entier*. FLÉCHIER.

XXIII.

L'éducation et la culture de l'esprit sont nécessaires aux femmes.

Comment une femme qui n'a nulle habitude de réfléchir élèvera-t-elle ses enfans? comment discernera-t-elle *ce qui leur convient ?* comment les disposera-t-elle aux vertus qu'*elle ne connaît pas*, au mérite dont *elle n'a nulle idée ?* Elle ne saura que les flatter ou les menacer, les rendre *insolens* ou *craintifs;* elle en fera des singes maniérés ou d'étourdis polissons, jamais de *bons esprits*, ni des *enfans aimables*. J.-J. ROUSSEAU.

XXIV.

Esprit et jugement précoces de madame de R.....

Qui ne sait qu'elle fut admirée dans un âge où les autres ne sont pas encore connues ; qu'elle eut de la sagesse en un temps où *l'on n'a presque point encore de la raison ;* qu'on lui confia les secrets les plus importans dès qu'*elle fut en âge de les entendre ;* que son naturel heureux lui tint lieu d'expérience dès *ses plus tendres années*, et qu'elle fut capable de donner des conseils en un temps où les autres *sont à peine capables d'en recevoir ?* FLÉCHIER.

XXV.

Le fils d'Idoménée blessé à mort.

L'enfant tombe dans son sang ; ses yeux se couvrent des ombres de la *mort ;* il les entr'ouvre à la lumière ; mais à peine l'a-t-il trouvée, qu'il ne peut plus *la supporter*. Tel qu'un beau lis, au milieu des champs, coupé dans sa racine par le tranchant de la charrue, languit et *ne se soutient plus ;* il n'a point encore perdu cette vive blancheur et cet éclat qui *charment les yeux*, mais la terre ne le nourrit plus, et sa vie est *éteinte :* ainsi le fils d'Idoménée, comme *une jeune et tendre fleur*, est cruellement moissonné dès *son premier âge.* FÉNÉLON.

XXVI.

L'inapplication et l'ignorance funestes aux filles.

L'ignorance d'un fille est cause qu'elle s'ennuie, et qu'elle ne sait à quoi s'occuper innocemment. Quand elle est venue jusqu'à un certain âge sans *s'appliquer aux choses solides*, elle n'en peut avoir ni le *goût* ni l'*estime :* tout ce qui est sérieux lui paraît *triste*, tout ce qui demande une attention suivie *la fatigue;* la pente aux plaisirs, qui est *forte pendant la jeunesse*, l'exemple de personnes du même âge qui *sont plongées dans l'amusement,* tout sert à lui faire craindre *une vie réglée* et *laborieuse.* FÉNÉLON.

XXVII.

Ordre de la Providence par rapport aux individus d'un royaume.

Dans les royaumes temporels, la Providence divine, qui par d'invisibles ressorts conduit les hommes à *ses fins,* resserre le cœur des uns, et les retient dans les *bornes étroites d'une administration domestique;* élève l'esprit des autres pour en faire les juges et les conducteurs de *son peuple*, et pour aider de leurs conseils les *souverains qui le gouvernent.* Le Seigneur en fait des serviteurs fidèles, les guide lui-même dans les sentiers de la *justice*, et leur révèle peu-à-peu les décrets de *sa sagesse.* FLÉCHIER.

XXVIII.

Frayeur populaire dans une invasion.

On ne voyait de tous côtés que des femmes *tremblantes*, des vieillards *courbés*, de petits enfans les *larmes aux yeux*, qui se retiraient dans la ville. Les bœufs *mugissans* et les brebis *bêlantes*, venaient en foule, quittant les *gras pâturages*, et ne pouvant trouver assez d'étables pour *être mis à couvert.* C'étaient de toutes parts des bruits confus de gens qui se poussaient les uns les autres, qui *ne pouvaient s'entendre*, qui prenaient dans ce trouble un inconnu pour leur ami, et qui couraient sans savoir où *tendaient leurs pas.* FÉNÉLON.

XXIX.

Parler mal-à-propos.

Il y a parler bien, parler aisément, parler juste, parler à propos : c'est pécher contre ce dernier genre que de s'étendre sur un repas magnifique que l'on vient de faire, devant des gens qui *sont réduits à épargner leur pain ;* de dire merveilles de sa santé devant des *infirmes ;* d'entretenir de ses richesses, de ses revenus et de ses ameublemens, un homme qui n'a ni *rentes* ni *domicile* ; en un mot, de parler de son bonheur devant des *misérables :* cette conversation est trop forte pour eux ; et la comparaison qu'ils font alors de leur état au vôtre est *odieuse.* La Bruyère.

XXX.

Navigation heureuse suivie d'une tempête.

Le vent, qui enflait nos voiles, nous promettait une douce navigation ; déjà le mont Ida n'était plus à nos yeux que comme *une colline ;* tous les rivages *disparaissaient ;* les côtes du Péloponèse semblaient s'avancer dans la mer pour venir *au-devant de nous.* Tout-à-coup une noire tempête enveloppa le *ciel,* et irrita toutes les ondes de la *mer :* le jour se changea en *nuit,* et la mort *se présenta à nous.* O Neptune ! c'est vous qui excitâtes, par votre superbe trident, toutes les eaux de *votre empire !* Fénélon.

XXXI.

Solidité inébranlable de la religion.

Qu'y a-t-il de plus merveilleux que de la voir toujours subsister sur les mêmes fondemens dès le commencement du monde, sans que ni l'idolâtrie et l'impiété qui *l'environnaient de toutes parts,* ni les tyrans qui *l'ont persécutée,* ni les hérétiques et les infidèles qui *ont tâché de la corrompre,* ni les lâches qui *l'ont trahie,* ni ses sectateurs indignes qui *l'ont déshonorée par leurs crimes, ni* enfin la longueur du temps, qui seule *suffit pour abattre toutes les choses humaines,* aient jamais été capables, je ne dis pas de l'éteindre, mais de *l'altérer ?* Bossuet.

XXXII.

Apparence d'une navigation heureuse.

Un vent favorable remplissait déjà nos voiles ; les rameurs fendaient les ondes *écumantes ;* la vaste mer était couverte de *navires ;* les mariniers poussaient des cris de *joie ;* les rivages d'É-gypte s'enfuyaient loin de *nous ;* les collines et les montagnes s'aplanissaient *peu-à-peu.* Nous commencions à ne voir plus que le *ciel* et l'*eau.* Pendant que le soleil, qui se levait, semblait faire sortir du sein de la mer ses feux étincelans, ses rayons do-raient le sommet des *montagnes* que nous découvrions encore un peu sur l'*horizon ;* et tout le ciel, peint d'un sombre azur, nous promettait *une heureuse navigation.* FÉNÉLON.

XXXIII.

Utilité de la brebis.

Cet animal, si chétif en lui-même, si dépourvu de *sentiment,* si dénué de *qualités intérieures,* est pour l'homme l'animal le plus *précieux,* celui dont l'utilité est la plus *immédiate* et la plus *éten-due :* seul il peut suffire aux besoins de première nécessité ; il fournit tout à-la-fois de quoi *se nourrir* et *se vêtir,* sans compter les avantages particuliers que l'on sait tirer du suif, du *lait,* de la *peau,* et même des boyaux, des os et du *fumier* de cet animal, auquel il semble que la nature n'ait, pour ainsi dire, rien accordé en propre, rien donné que pour le *rendre à l'homme.* BUFFON.

XXXIV.

Description de l'hôpital général de Paris.

Près des murs de cette ville royale s'élève un vaste et superbe édifice que l'autorité des magistrats et les aumônes des citoyens entretiennent depuis trente ans, et que Dieu, par des moyens que la prudence humaine *ne prévoit pas,* et que sa providence *a mar-qués,* soutiendra dans la suite des temps, malgré les relâchemens du siècle et le *refroidissement de la piété.* C'est là que la faim est *rassasiée,* que la nudité est *revêtue,* que l'infirmité est *guérie,* que l'affliction est *consolée,* que l'ignorance est *instruite,* et que chaque espèce de misère de l'*âme* ou du *corps* trouve une es-pèce de miséricorde qui *la soulage.* FÉNÉLON.

XXXV.

Le véritable bonheur dans cette vie.

Heureuse l'âme chrétienne qui, suivant le précepte de Jésus-Christ, n'aime ni ce monde ni tout ce qui le compose ; qui s'en sert comme de moyens par *un usage fidèle,* sans s'y attacher comme à sa fin par *une passion déréglée ;* qui sait se réjouir sans *dissipation*, s'attrister sans *abattement*, désirer sans *inquiétude*, acquérir sans *injustice*, posséder sans *orgueil*, et perdre sans *douleur!* Heureuse encore une fois l'âme qui, s'élevant au-dessus d'elle-même, et, malgré le corps qui *l'appesantit*, remontant à son origine, passe au travers des choses créées sans *s'y arrêter*, et va se perdre heureusement dans le *sein de son créateur*. FLÉCHIER.

XXXVI.

Terres cultivées de Salente.

Déjà ces campagnes, si long-temps couvertes de ronces et d'é-pines, promettent de *riches moissons* et des fruits jusqu'alors *inconnus*. La terre ouvre son sein au tranchant de la *charrue*, et prépare ses richesses pour récompenser le *laboureur:* l'espérance reluit de tous côtés. On voit, dans les vallons et sur les collines, les troupeaux de moutons qui *bondissent sur l'herbe*, et les grands troupeaux de bœufs et de génisses qui font retentir les hautes montagnes de *leurs mugissemens:* ces troupeaux servent à engraisser les *campagnes*. FÉNÉLON.

XXXVII.

Campagnes voisines du Nil.

Nos yeux étaient charmés de voir cette fertile terre d'Egypte, semblable à un jardin délicieux arrosé d'un nombre infini de *canaux*. Nous ne pouvions jeter les yeux sur les deux rivages sans apercevoir des villes *opulentes*, des maisons de campagne *agréablement situées*, des terres qui se couvraient tous les ans d'une moisson dorée sans *se reposer jamais*, des prairies pleines de *troupeaux*, des laboureurs qui étaient accablés sous le poids des fruits que la terre *épanchait de son sein*, des bergers qui faisaient répéter les doux sons de leurs flûtes et de leurs chalumeaux à *tous les échos d'alentour*. FÉNÉLON.

XXXVIII.

Instabilité et rapidité de la vie humaine.

Oui, messieurs, les plus tendres amitiés finissent: les honneurs sont des titres spécieux que le temps *efface;* les plaisirs sont des amusemens qui ne laissent qu'un long et funeste *repentir;* les richesses nous sont enlevées par la *violence des hommes*, ou nous échappent par *leur propre fragilité;* les grandeurs tombent d'elles-mêmes ; la gloire et la réputation se perdent enfin dans les abîmes d'*un éternel oubli*. Ainsi le torrent du monde s'écoule, quelque soin qu'on prenne à le retenir. Tout est emporté par cette suite rapide de momens qui *passent*, et par ces révolutions continuelles nous arrivons, souvent sans *y avoir pensé*, à ce point fatal où le temps *finit*, et où l'éternité *commence*. FLÉCHIER.

XXXIX.

Mort de Turenne.

Turenne meurt, tout se confond, la fortune *chancelle*, la victoire *se lasse*, la paix *s'éloigne*, les bonnes intentions des alliés *se ralentissent*, le courage des troupes est abattu par la *douleur* et ranimé par la *vengeance* ; tout le camp demeure immobile. Les blessés pensent à la perte qu'ils ont faite, et non pas aux *blessures qu'ils ont reçues* ; les pères mourans envoient leurs fils pleurer sur *leur général mort* ; l'armée en deuil est occupée à lui rendre les *devoirs funèbres* ; et la renommée, qui se plaît à répandre dans l'univers les accidens extraordinaires, va remplir toute l'Europe du récit glorieux de la *vie de ce prince* et du triste regret de *sa mort*. FLÉCHIER.

XL.

Hôpital général de Paris soutenu par le zèle de M. de L...

Quel soin ne prit-il pas de chercher des fonds en un temps où, la misère étant augmentée et la charité refroidie, les pauvres avaient plus besoin de *secours*, et les riches avaient moins de volonté et moins de moyens de *les secourir* ! Quelle application n'eut-il pas pour établir la discipline parmi cette troupe de mendians renfermés qui regardent souvent leur asile comme *une prison*, et qui croient n'avoir rien à ménager, parce qu'ils sentent bien *qu'ils n'ont rien à perdre* ! Quel ordre ne donna-t-il pas pour les accoutumer au *travail* et à la *piété*, afin qu'ils devinssent plus agréables à Dieu, et moins à charge à la *charité des fidèles*. FLÉCHIER.

XLI.

Caractère impétueux de Télémaque réprimé par Mentor.

Semblable à un coursier fougueux qui bondit dans les vastes

prairies; que ni les rochers escarpés, ni les précipices, ni les torrens *n'arrêtent;* qui ne connaît que la voix et la main d'un seul homme capable de *le dompter*, Télémaque, plein d'*une noble ardeur*, ne pouvait être retenu que par *le seul Mentor.* Mais aussi un de ses regards l'arrêtait tout-à-coup dans *sa plus grande impétuosité :* il entendait d'abord ce que signifiait ce *regard ;* il rappelait aussitôt dans son cœur *tous les sentimens de vertu.* La sagesse de Mentor rendait en un moment son visage doux et *serein.* Neptune, quand il élève son trident, et qu'il menace les vents *soulevés ,* n'apaise point plus soudainement les *noires tempêtes.* FÉNÉLON.

XLII.

Madame la Dauphine ennemie de la raillerie.

Echappa-t-il jamais à son esprit vif et présent quelqu'une de ces railleries d'autant plus piquantes qu'elles sont *plus ingénieuses,* qui cachent beaucoup de venin sous *peu de paroles*, et donnent la mort en *riant,* selon le langage de l'Ecriture? C'était sa maxime, que la raillerie ne convient pas à ceux qui sont élevés *au-dessus des autres ;* que les traits qui partent d'en haut font des blessures plus *profondes ;* qu'il est inhumain de s'en prendre aux gens à qui la crainte et le respect ôtent la liberté de *se défendre* et de *se plaindre ,* et que de tels discours sont empoisonnés et par la dignité de *celui qui parle* et par la maligne et flatteuse approbation de *ceux qui écoutent.* FLÉCHIER.

XLIII.

Education qu'on donne aux enfans des princes.

Vous le savez, messieurs, à peine sont-ils nés, ces enfans, qu'on les accoutume à l'orgueil et à *la mollesse;* on les élève sans aucun principe pratique de religion; au lieu de maintenir en eux l'esprit de Dieu, on leur souhaite et on leur inspire l'esprit du *monde :* à peine viennent-ils de renoncer aux pompes du siècle, qu'on *les leur montre* et qu'on leur enseigne *à les aimer;* ils ont promis de suivre l'Évangile, et on les assujétit à la *coutume.* Ainsi, la vanité se saisissant de ces âmes encore *tendres,* elles cessent d'être fidèles à mesure qu'elles *deviennent raisonnables ,* et perdent l'innocence de leur baptême presque aussitôt qu'elles *l'ont reçue.* FLÉCHIER.

XLIV.

Bienveillance de M. de M... envers ses domestiques.

Combien était-il juste et *charitable* à l'égard de ses domestiques! Chez lui les races se perpétuaient, les pères laissaient comme un héritage à leurs enfans la *protection d'un si bon maître*; environné d'une foule de serviteurs, il cherchait à chacun une fortune qui *lui fût propre*; désintéressé pour *lui*, empressé pour *eux*, il ne sentait jamais mieux son bonheur que lorsqu'il *pouvait faire le leur* : le nombre pouvait être à charge à sa dépense, et non pas à *sa générosité*. Il savait bien qu'il n'avait pas besoin de tout ce monde; mais il croyait que tout ce monde *avait besoin de lui*, et il le gardait moins pour servir d'éclat à *sa grandeur* que pour servir de matière à *sa bonté*. FLÉCHIER.

XLV.

Madame de M... formant le Dauphin à la piété.

C'est elle qui a eu la gloire de former les premiers *sentimens* et les premières *paroles* de ce jeune prince. Pouvait-il penser, pouvait-il parler plus dignement? Elle lui a montré à lever ses mains pures et innocentes vers le *ciel*, à tourner ses premiers regards vers *son créateur*; elle lui a inspiré ses premiers *vœux* et ses premières *prières*; elle a tiré de son cœur ses premiers *soupirs*. Combien de fois, en essuyant ses larmes, a-t-elle demandé à Dieu qu'il lui inspirât de la tendresse pour *son peuple!* Combien de fois, en le corrigeant, a-t-elle demandé pour lui un cœur sage et docile aux *inspirations du ciel!* Combien de fois a-t-elle prié Dieu, qui tient en ses mains les cœurs des rois, d'en faire un prince selon le *sien!* Et combien de fois a-t-elle fait cette prière du prophète : « Seigneur, donnez au roi *votre « jugement,* et votre justice au fils du *roi!* » FLÉCHIER.

XLVI.

Passions de l'homme marquées sur son visage.

Lorsque l'âme est tranquille, toutes les parties du visage sont dans *un état de repos :* leur proportion, leur union, leur ensemble, marquent encore assez la douce harmonie des *pensées*, et répondent au calme de *l'intérieur;* mais, lorsque l'âme est agitée, la face humaine devient un tableau vivant où les passions sont rendues avec autant de *délicatesse* que *d'énergie*, où chaque mouvement de l'âme est exprimé par *un trait*, chaque action par un *caractère*, dont l'impression vive et *prompte* devance la volonté, nous décèle, et rend au-dehors, par des signes pathétiques, les images de *nos secrètes pensées*. BUFFON.

XLVII.

Vie humaine comparée à un courant d'eau.

« Nous allons sans cesse au tombeau, ainsi que des eaux qui se perdent sans retour. » En effet, nous ressemblons tous à des *eaux courantes*. De quelque superbe distinction que se flattent les hommes, ils ont tous une même origine; et cette origine est *petite*. Leurs années se poussent successivement comme des *flots* : ils ne cessent de *s'écouler;* tant qu'enfin, après avoir fait un peu plus de bruit, et traversé *un peu plus de pays* les uns que les autres, ils vont tous ensemble se confondre dans un abîme où l'on ne reconnaît plus ni *princes*, ni *rois*, ni toutes ces autres qualités superbes qui *distinguent les hommes;* de même que ces fleuves tant vantés demeurent sans *nom* et sans *gloire*, mêlés dans l'Océan avec les *rivières les plus inconnues*. BOSSUET.

XLVIII.

Description des campagnes environnantes de Crète.

De tous côtés nous remarquions des villages bien bâtis, des bourgs qui égalaient des *villes*, et des villes *superbes*. Nous ne trouvions aucun champ où la main du diligent laboureur ne *fût imprimée;* partout la charrue avait laissé de *creux sillons :* les ronces, les *épines*, et toutes les plantes qui occupent inutilement la *terre*, sont inconnues en *ce pays*. Nous considérions avec plaisir les creux vallons où les troupeaux de bœufs mugissaient dans les *gras herbages*, le long des ruisseaux; les moutons paissant sur le *penchant d'une colline;* les vastes campagnes couvertes de jaunes épis, riches dons de la *féconde Cérès;* enfin les montagnes ornées de pampres et de grappes d'un raisin déjà coloré qui promettait aux *vendangeurs* les doux présens de Bacchus pour charmer les *soucis des hommes*. FÉNÉLON.

XLIX.

Passions peintes dans les yeux.

C'est surtout dans les yeux qu'elles se peignent, et qu'on peut *les reconnaître;* l'œil appartient à l'âme plus qu'aucun autre organe; il semble y toucher et participer à tous ses *mouve-mens;* il en exprime les passions les plus *vives* et les émotions les plus *tumultueuses,* comme les mouvemens les plus *doux* et les sentimens les plus *délicats;* il les rend dans toute leur force, dans toute leur pureté, tels qu'*ils viennent de naître;* il les transmet par des traits rapides qui portent dans une autre âme le feu, l'action, l'image de celle dont *ils partent :* l'œil reçoit et réfléchit en même temps la lumière de la pensée et la chaleur du *sentiment;* c'est le sens de *l'esprit* et la langue de *l'intelligence.* BUFFON.

L.

Considérations sur l'homme sage.

Considérons l'homme sage, le seul qui soit digne d'être con-sidéré : maître de lui-même, il l'est des *évènemens ;* content de son état, il ne veut être que comme *il a toujours été,* ne vivre que comme *il a toujours vécu;* se suffisant à lui-même, il n'a qu'un faible besoin des *autres,* il ne peut leur être à charge ; occupé continuellement à exercer les facultés de son âme, il perfectionne *son entendement,* il cultive *son esprit,* il acquiert de *nouvelles connaissances,* et se satisfait à tout instant sans *re-mords,* sans *dégoût;* il jouit de tout l'univers en jouissant de *lui-même.* BUFFON.

LI.

Talent de la conversation dans Turenne.

Il n'y avait homme excellent ou dans quelque spéculation, ou dans quelque ouvrage, qu'il n'entretînt : tous sortaient plus éclai-rés d'avec lui, et rectifiaient leurs pensées ou par ses *pénétrantes questions,* ou par *ses réflexions judicieuses.* Aussi sa conversation était un charme, parce qu'il savait parler à chacun selon ses ta-lens; et non-seulement aux gens de guerre de leurs *entreprises,* aux courtisans de leurs *intérêts,* aux politiques de leurs *négociations,* mais encore aux voyageurs curieux de ce qu'ils avaient découvert ou dans *la nature,* ou dans le *gouvernement,* ou dans le *commerce;* à l'artisan de ses *inventions,* et enfin aux savans de toutes les sor-tes, de ce qu'ils avaient trouvé de plus merveilleux. BOSSUET.

LII.

Fille formée de bonne heure à la vertu.

Cette jeune plante, ainsi arrosée des eaux du ciel, ne fut pas long-temps sans porter de fruit. On vit croître en cette admirablc fille tant de louables habitudes aussitôt qu'*on les eut vues naître;* cette piété qui la fit recourir à Dieu dans *tous ses besoins;* cette modestie qui la retint toujours dans les lois d'une *austère vertu* et d'une *exacte bienséance;* cette prudence qui lui fit discerner le vrai *d'avec le faux,* le vil *d'avec le précieux;* cette grandeur d'âme qui la soutint également dans *la bonne* et *la mauvaise fortune;* cette tendresse et cette compassion qui la rendirent sensible à *toutes les misères connues;* et cette attention perpétuelle qu'elle eut à rendre aux uns *tout ce qu'elle leur devait,* et à faire aux autres tout le bien dont elle *s'estimait capable.* Ces vertus, qui sont le fruit de l'expérience et d'une longue réflexion dans *les personnes ordinaires,* étaient, ce semble, le fond de l'esprit et du tempérament de *celle-ci.* FLÉCHIER.

LIII.

Laboureurs riches au milieu d'une nombreuse famille.

Leurs enfans, dès leur plus tendre jeunesse, commencent à les secourir. Les plus jeunes conduisent les moutons dans *les pâturages;* les autres qui sont plus grands mènent déjà *les grands troupeaux;* les plus âgés *labourent* avec *leur père.* Cependant la mère prépare un repas simple à *son époux* et à *ses chers enfans,* qui doivent revenir fatigués *du travail de la journée :* elle a soin de traire *ses vaches* et *ses brebis,* et on voit couler des ruisseaux de lait; elle fait un grand feu, autour duquel toute la famille *innocente* et *paisible* prend plaisir à chanter tout le soir en attendant *le doux sommeil;* elle prépare des *fromages,* des *châtaignes,* et des fruits conservés dans la même fraîcheur que si *on venait de les cueillir.* FÉNÉLON.

LIV.

Modestie de Turenne lorsqu'il parlait de lui-même.

Qui fit jamais de si grandes choses? qui les dit avec plus de *retenue?* Remportait-il quelque avantage; à l'entendre, ce n'était pas qu'il fût habile, mais l'ennemi *s'était trompé.* Rendait-il compte d'une bataille; il n'oubliait rien, sinon que c'était lui *qui l'avait gagnée.* Racontait-il quelques-unes de ces actions qui l'avaient rendu si célèbre; on eût dit qu'il n'en avait été que *le spectateur,* et l'on doutait si c'était lui qui se trompait ou *la renommée.* Revenait-il de ces glorieuses campagnes qui rendront son nom immortel; il fuyait les *acclamations populaires,* il rougissait de ses *victoires*, il venait recevoir des éloges comme on vient faire *des apologies*, et n'osait presque aborder le roi, parce qu'il était obligé, par *respect*, de souffrir patiemment les louanges dont sa majesté *ne manquait jamais de l'hono-rer*. FLÉCHIER.

LV.

Télémaque qui raconte son naufrage.

Neptune souleva les flots jusqu'au *ciel*; et Vénus rit, croyant notre naufrage inévitable. Notre pilote troublé s'écria qu'il ne pouvait plus résister aux vents, qui nous poussaient avec *vio-lence* vers *des rochers* : un coup de vent rompit notre mât; et, un moment après, nous entendîmes les pointes des rochers qui *entr'ouvraient le fond du navire*. L'eau entre *de tous côtés*; le na-vire *s'enfonce*; tous nos rameurs poussent de lamentables cris vers *le ciel*. J'embrasse Mentor, et je lui dis: Voici la mort; il faut la recevoir avec *courage*. Les dieux ne nous ont délivrés de tant de périls que pour *nous faire périr aujourd'hui*. Mourons, Mentor, mourons; c'est une consolation pour moi de *mourir avec vous* : il serait inutile de disputer notre vie contre *la tempête*. FÉNÉLON.

LVI.

Conseils d'Erichton aux peuples de la Grèce.

Appliquez-vous, disait-il à tous les peuples, à multiplier chez vous les richesses naturelles, qui sont *les véritables*; cultivez la terre pour avoir une grande abondance de *blé*, de *vin*, d'*huile* et de *fruits*; ayez des troupeaux innombrables qui vous nour-rissent de *leur lait*, et qui vous couvrent de *leur laine* : par là vous vous mettrez en état de ne craindre jamais la *pauvreté*. Plus vous aurez d'enfans, plus vous serez riches, pourvu que *vous les rendiez laborieux*; car la terre est inépuisable, et elle augmente sa fécondité à proportion du nombre de ses habitans qui *ont soin de la cultiver* : elle les paie tous libéralement de *leur peine*, au lieu qu'elle se rend avare et ingrate pour ceux qui *la cultivent négligemment*. Attachez-vous donc principalement aux véritables richesses, qui satisfont aux *vrais besoins de l'homme*. FÉNÉLON.

LVII.

Humilité, rare dans la victoire.

Qu'il est difficile, Messieurs, d'être victorieux et d'être hum-

2

ble tout ensemble! Les prospérités militaires laissent dans l'âme je ne sais quoi de touchant, qui la remplit et *l'occupe tout entière*. On s'attribue une supériorité de puissance et de *force ;* on se couronne de *ses propres mains ;* on se dresse un *triomphe secret* à soi-même; on regarde comme son propre bien ces lauriers qu'on cueille avec *peine*, et qu'on arrose souvent de *son sang ;* et lors même qu'on rend à Dieu de solennelles actions de grâces, et qu'on pend aux voûtes sacrées de ses temples des drapeaux *déchirés* et *sanglans* qu'on a pris sur *les ennemis*, qu'il est dangereux que la vanité n'étouffe une partie de la *reconnaissance*, qu'on ne mêle aux vœux qu'on rend au *Seigneur*, des applaudissemens qu'on croit *se devoir à soi-même*, et qu'on ne retienne au moins quelques grains de cet encens qu'on va brûler sur *ses autels*. Fléchier.

LVIII.

Dignité d'une mère de famille remplissant ses devoirs.

· Y a-t-il au monde un spectacle aussi touchant, aussi *respectable* que celui d'une mère de famille entourée de *ses enfans*, réglant les travaux de *ses domestiques*, procurant à son mari *une vie heureuse*, et gouvernant sagement *sa maison ?* C'est là qu'elle se montre dans toute la dignité d'*une honnête femme ;* et c'est là qu'elle inspire vraiment du *respect*, et que la beauté partage avec honneur les hommages rendus à la *vertu*. Une maison dont la maîtresse est absente est un corps sans *âme*, qui bientôt tombe en *corruption ;* une femme hors de sa maison perd *son plus grand lustre*, et, dépouillée de ses vrais ornemens, elle se montre avec *indécence*. J.-J. Rousseau.

LIX.

Filles mal instruites et inappliquées.

Elles ont une imagination toujours errante; faute d'aliment solide, leur curiosité se tourne tout avec ardeur vers les objets vains et *dangereux ;* celles qui ont de l'esprit s'érigent souvent en *précieuses*, et lisent tous les livres qui peuvent nourrir *leur vanité ;* elles se passionnent pour des romans, pour des *comédies*, pour des récits d'*aventures chimériques*, où l'amour profane est mêlé; elles se rendent l'esprit visionnaire en s'accoutumant au *langage magnifique des héros des romans ;* elles se gâtent même

par là pour le monde : car tous ces beaux sentimens en l'air,
toutes ces *passions généreuses*, toutes ces *aventures* que l'auteur
du roman a inventées pour le *plaisir*, n'ont aucun rapport avec
les vrais motifs qui font agir dans le *monde*, et qui décident des
affaires; ni avec les mécomptes qu'on trouve dans *tout ce qu'on
entreprend*. Fénélon.

LX.
Sagesse de madame la Dauphine au milieu du monde.

Elle se fit dans son palais une cour et une retraite; et, par la
force de *sa raison*, elle apprit l'art de parler et de *se taire*. On
vit paraître en elle ce que nous avons depuis admiré; la retenue
qu'inspire la *solitude*, la politesse que donne l'*usage du monde*,
une fierté noble qui marquait la *grandeur de sa naissance*, une
scrupuleuse pudeur qui marquait le *fonds de sa vertu*, une vivacité qui lui faisait souvent prévenir les pensées des *autres*,
une sagesse qui lui donnait toujours le temps de *peser les siennes*, une bonté prête en tout temps à faire le bonheur des *uns*,
à soulager les peines des *autres*; une sincérité qui la rendait incapable de *dissimuler* ni par *gloire*, ni par *faiblesse*; une fidélité
inviolable dans *ses amitiés* et dans *ses paroles*; enfin une piété
qui n'était ni *austère* ni *relâchée*, qui se faisait honorer de *tous*,
et ne se faisait craindre à personne. Fléchier.

LXI.
Caractère constant et vertueux de M. de M…

Je viens vous faire admirer un homme qui ne se détourna jamais de *ses devoirs*, qui, pour maintenir la raison, se raidit contre la *coutume*, qui n'eut jamais d'autre intérêt que celui de la
vérité et de la *justice*, et qui, ayant eu part à toutes les prospérités du siècle, n'en a point eu à *ses corruptions*; un homme
d'une vertu antique et nouvelle, qui a su joindre la politesse du
temps à la bonne foi de *nos pères*, en qui la fortune n'a fait que
donner du crédit au *mérite*, qui a sanctifié l'honneur et la probité par les règles et les principes du *christianisme*, qui s'est
élevé par une austère sagesse au-dessus des *craintes* et des *com-
plaisances humaines*, et qui, toujours prêt à donner à la vertu
les louanges qui lui sont dues, a fait craindre à l'iniquité le *jugement* et la *censure*; vaillant dans la *guerre*, savant dans la *paix*;

respecté, parce qu'il était *juste;* aimé, parce qu'il était *bienfai-sant;* et quelquefois craint, parce qu'il était *sincère* et *irrépro-chable.* FLÉCHIER.

LXII.

Ce que la raison prescrit dans l'adversité.

La raison veut qu'on supporte patiemment l'adversité, qu'on n'en aggrave pas le poids par des *plaintes inutiles ;* qu'on n'estime pas les choses humaines au-delà de *leur prix ;* qu'on n'épuise pas à pleurer ses maux, les forces qu'on a pour *les adoucir ;* et qu'enfin l'on songe quelquefois qu'il est impossible de prévoir *l'avenir,* et de se connaître assez soi-même pour savoir si ce qui nous arrive est *un bien* ou *un mal* pour nous. C'est ainsi que se comportera l'homme judicieux et *tempérant,* en proie à la *mauvaise fortune :* il tâchera de mettre à profit ses revers mêmes, comme un joueur prudent cherche à tirer parti d'un mauvais point que *le hasard lui amène;* et, sans se lamenter comme un enfant qui tombe et pleure auprès de la pierre qui l'a frappé, il saura porter, s'il le faut, un fer *salutaire* à sa blessure, et la faire saigner pour *la faire guérir.* J.-J. ROUSSEAU.

LXIII.

Attachement du chien pour son maître.

Y a-t-il rien de comparable à l'attachement du chien pour la personne de son maître? On en a vu mourir sur le tombeau qui *la renfermait ;* mais (sans vouloir citer ici les prodiges ni les héros d'aucun genre) quelle fidélité à *accompagner,* quelle constance à *suivre,* quelle attention à *défendre* son maître! quel empressement à rechercher *ses caresses!* quelle docilité à *lui obéir!* quelle patience à souffrir *sa mauvaise humeur* et des châtimens souvent *injustes!* quelle douceur et quelle humilité pour tâcher de *rentrer en grâce!* que de mouvemens, que d'inquiétudes, que de chagrin, s'il est *absent!* que de joie lorsqu'il *se retrouve!* A tous ces traits peut-on méconnaître l'amitié? se marque-t-elle, même parmi nous, par des *caractères aussi énergiques?* BUFFON.

LXIV.

Indiens convertis au Christianisme par suite des charités de Mad. d'A...

Je me sens comme transporté au milieu de ces églises naissantes de l'Orient ; j'y vois lever la lumière de la *vérité*. Ici les premiers rayons de la foi commencent à dissiper *l'obscurité de l'erreur*, et forment des catéchumènes ; là coulent sur des têtes humiliées les eaux salutaires du *baptême*. Ici des âmes tendres sont nourries de lait jusqu'à ce qu'elles soient capables d'*enseignement plus solides ;* là se forme le courage d'un martyr par des épreuves réitérées de *patience*. En cet endroit on plante une croix ; en l'autre on dresse *un autel*. Il me semble que je vois des prêtres, des évêques, ou, pour mieux dire, des *apôtres*, courir partout selon *les besoins ;* et notre charitable Duchesse, de son palais comme du centre de la *charité*, envoyer les secours et les *rafraîchissemens* nécessaires pour *entretenir* et pour *avancer* ce grand *ouvrage*. FLÉCHIER.

LXV.
Opinion de Thucydide sur les hommes et les femmes.

Un ancien disait autrefois que les hommes étaient nés pour l'action et pour la *conduite du monde*, et que les Dieux leur avaient donné en partage la valeur dans les *combats*, la prudence dans les *conseils*, la modération dans les *prospérités*, et la constance dans la *mauvaise fortune ;* que les femmes n'étaient nées que pour le repos et pour la *retraite ;* que toute leur vertu consistait à être inconnues, sans s'attirer ni *blâme* ni *louange*; et que celle-là était sans doute la plus vertueuse, de qui *l'on avait le moins parlé*. Ainsi il les retranchait de la république, pour les renfermer dans *l'obscurité de leur famille :* de toutes les vertus morales, il ne leur accordait qu'*une pudeur farouche*; il leur ôtait même cette bonne réputation, qui semble être attachée à *l'honnêteté de leur sexe ;* et les réduisant à une oisiveté qu'il croyait louable, il ne leur laissait pour toute gloire que celle de *n'en point avoir*. FLÉCHIER.

LXVI.
Vie privée de Turenne après ses victoires.

Dans le doux repos d'une condition privée, ce prince, se dépouillant de toute la gloire qu'il avait acquise pendant la *guerre*, et se renfermant dans une société peu nombreuse de *quelques amis choisis*, s'exerçait sans bruit aux vertus civiles : sincère dans *ses discours*, simple dans *ses actions*, fidèle dans *ses amitiés*, exact dans *ses devoirs*, réglé dans *ses désirs*, grand même dans les *moindres choses*, il se cache, mais sa réputation le *découvre ;* il marche sans suite et sans *équipage*, mais chacun, dans son esprit, le met sur un *char de triomphe*. On compte, en le voyant, les ennemis qu'*il a vaincus*, non pas les serviteurs qui le *suivent;* tout seul qu'il est, on se figure autour de lui *ses vertus* et *ses victoires* qui l'accompagnent ; il y a je ne sais quoi de noble dans cette *honnête simplicité;* et moins il est superbe, plus il *devient vénérable.* FLÉCHIER.

LXVII.

Marie-Thérèse d'Autriche auprès des malades.

Voyons-la dans ces hôpitaux où elle pratiquait *ses miséricordes publiques*, dans ces lieux où se ramassent toutes les *infirmités* et tous les *accidens de la vie humaine*, où les gémissemens et les *plaintes* de ceux qui *souffrent* remplissent l'âme d'une *tristesse importune*, où l'odeur qui s'exhale de tant de *corps languissans* porte dans le cœur de ceux qui les servent le *dégoût* et la *défaillance*, où l'on voit la douleur et la pauvreté exercer à l'envi *leur funeste empire*, et où l'image de la misère et de la mort entre presque par *tous les sens :* c'est là que, s'élevant au-dessus des craintes et des *délicatesses de la nature*, pour satisfaire sa charité, au péril de *sa santé même*, on la vit toutes les semaines essuyer les larmes de *celui-ci*, pourvoir aux besoins de *celui-là ;* procurer aux uns des remèdes et des *adoucissemens* à leurs maux, aux autres des consolations de *l'esprit* et des secours pour la *conscience.* FLÉCHIER.

LXVIII.

Difficulté d'être humble au milieu des honneurs.

Il n'est pas difficile de se contenir dans les bornes d'une juste modération, et de se *resserrer en soi-même*, quand on est réduit aux ténèbres d'une vie obscure. On résiste aisément à l'orgueil quand il n'est pas soutenu par une *grande réputation*, ou fortifié par un *grand mérite ;* on a quelque honte de se croire, quelque bonne opinion qu'on ait de soi, quand on est seul à *s'estimer* et à *s'applaudir*, et quand on n'a pour soi d'autre approbateur ni d'autre *flatteur* que *soi-même.* Mais lorsqu'on se voit honoré, et qu'on *fait du bruit dans le monde*, lorsqu'on s'attire la louange et l'*admiration* par des talens ou par des *vertus ex-*

traordinaires, qu'il est dangereux qu'on ne soit de l'avis du public, qu'on ne vienne à se louer et à *s'admirer un peu soi-même*, malgré toute sa modération, et qu'on ne mêle quelque grain de son propre encens à celui qu'*on reçoit des autres!* FLÉCHIER.

LXIX.

Leçons à donner à un jeune prince.

Il n'y a rien de si difficile que d'élever un jeune prince qui est né pour la royauté. Il faut lui inspirer la hardiesse sans *présomption*, lui faire sentir ce qu'il doit être, et lui faire connaître ce *qu'il est*. Il suffit de lui faire voir en éloignement le trône où *il doit être assis*, et de lui essayer, pour ainsi dire, la couronne, afin qu'il sache la porter quand la *providence de Dieu la fera tomber sur sa tête*. Il est nécessaire de lui donner tout ensemble les vertus d'un roi et celles d'un *particulier*, de lui montrer la gloire du commandement et le mérite de l'*obéissance*, et de lui apprendre à dire, comme ce centenier de l'Évangile : « Je vois des peuples sous ma puissance, mais j'ai une puissance au-dessus de *moi; je* commande des armées, mais j'exécute ce qu'*on m'ordonne*; j'ai des sujets, mais j'ai un *maître*. FLÉCHIER.

LXX.

Obligation de porter sa croix.

La loi la plus propre à l'Évangile est celle de porter *sa croix*. La *croix* est la vraie épreuve de la foi, le vrai fondement de *l'espérance*, le parfait épurement de *la charité;* en un mot, le chemin du ciel. Jésus-Christ est mort à la *croix;* il a porté sa *croix* toute sa vie; c'est à la *croix* qu'il veut qu'on le suive, et il met la vie éternelle à ce prix. Le premier à qui il promet particulièrement le repos du *siècle futur* est un compagnon de *sa croix :* « Tu seras, lui dit-il, aujourd'hui avec moi en paradis. » Aussitôt qu'il fut à la *croix*, le voile qui couvrait le sanctuaire fut déchiré *de haut en bas*, et le ciel fut ouvert aux *âmes saintes*. C'est au sortir de la *croix* et des horreurs de son *supplice* qu'il parut à *ses apôtres*, glorieux et vainqueur de la mort; afin qu'ils comprissent que c'était par la *croix* qu'il devait entrer dans *sa gloire*, et qu'il ne montrait point d'autre voie à *ses enfans*. BOSSUET.

LXXI.

Esquisse frappante des exploits guerriers de Turenne.

Ce grand nombre d'actions dont je dois parler m'embarrasse; je ne puis les décrire toutes, et je voudrais *n'en omettre aucune.* Que n'ai-je le secret de graver dans vos esprits un plan *invisible* et *raccourci* de la Flandre et de l'Allemagne! Je marquerais sans *confusion* dans *vos pensées* tout ce que fit ce grand capitaine, et vous dirais en *abrégé*, selon les *lieux* : Ici il forçait des *retranche- mens*, et secourait une *place assiégée; là* il surprenait les enne- mis, ou les battait en *pleine campagne :* ces villes où vous voyez les lis arborés ont été ou défendues par *sa vigilance*, ou con- quises par *sa fermeté* et par *son courage; ce* lieu couvert d'un bois et d'une rivière, c'est le poste où il rassurait ses troupes ef- frayées après une *honorable retraite :* ici il sortait de ses lignes pour *combattre*, et d'un seul coup il prenait une *ville* et ga- gnait une *bataille; là*, distribuant ce qui lui restait de son pro- pre argent, il achevait un siège, et il allait *en faire lever un* au même temps. FLÉCHIER.

LXXII.

Bienfaisance de M. de M...

Que ne puis-je révéler les secrets de sa charité! Vous verriez ici l'éducation d'une fille à qui la pauvreté pouvait donner de *mauvais conseils; là* les études d'un pupille que Dieu, par le moyen de *sa charité*, a conduit aux fonctions de son sacerdoce : ici une noblesse indigente poussée, par *ses charitables secours,* au service du prince et de la *patrie; là* un mérite naissant, qu'au- rait accablé le poids de *sa mauvaise fortune*, relevé par *ses li- béralités.* Sortez de ces retraites où la *misère* et la *honte* vous ca- chent, familles infortunées, et dites-nous par quelles adresses il fit couler jusqu'à vous *ses assistances imprévues ?* Et vous, asiles sacrés des disgrâces de la *nature* ou de la *fortune*, monumens éternels de sa piété, hôpitaux dressés par *ses soins* et par *ses bienfaits* dans les villes de ses gouvernemens, pour les mettre à couvert d'une *importune mendicité*, faites retentir jusqu'au ciel les vœux et les *prières* des pauvres que *vous renfermez!* FLÉCHIER.

LXXIII.

Le ton de la bonne conversation.

Le ton de la bonne conversation est coulant et naturel; il

n'est ni pesant, ni *frivole*; il est savant sans *pédanterie*, gai sans *tumulte*, poli sans *affectation*, galant sans *fadeur*, badin sans *équivoque*. Ce ne sont ni des dissertations, ni des épigram-mes : on y raisonne sans *argumenter*; on y plaisante sans *jeux de mots*; on y associe avec art l'esprit et la *raison*, les maximes et les *saillies*, l'ingénieuse raillerie et la *morale austère*; on y parle de tout, pour que chacun *ait quelque chose à dire*; on n'approfondit point les questions, de peur *d'ennuyer*; on les propose comme en *passant*; on les traite avec rapidité, la pré-cision mène à l'*élégance*; chacun dit son avis, et l'appuie en peu de *mots*; nul n'attaque avec chaleur *celui d'autrui*; nul ne défend opiniâtrément *le sien*; on discute pour *s'éclairer*; on s'ar-rête avant la *dispute*; chacun s'instruit, chacun s'amuse, tous s'en vont *contens*; et le sage même peut rapporter de ces entre-tiens des sujets dignes d'être médités *en silence*. J.-J. ROUSSEAU.

LXXIV.

Description de la nouvelle ville d'Idoménée.

Télémaque regardait avec admiration cette ville naissante, semblable à une jeune plante qui, ayant été nourrie par la douce rosée de *la nuit*, sent dès le matin les rayons du soleil qui *vien-nent l'embellir* : elle croît, elle ouvre *ses tendres boutons*, elle étend *ses feuilles vertes*, elle épanouit *ses fleurs odoriférantes* avec mille couleurs nouvelles; à chaque moment qu'on la voit, on y trouve un nouvel *éclat*. Ainsi florissait la nouvelle ville d'I-doménée sur le rivage de la mer : chaque jour, chaque *heure*, elle croissait avec *magnificence*, et elle montrait de loin aux étrangers qui étaient sur la mer, de nouveaux ornemens *d'ar-chitecture* qui s'élevaient jusqu'*au ciel*. Toute la côte retentissait des cris des ouvriers et des coups de *marteaux*; les pierres étaient suspendues en l'air par des grues avec *des cordes*; tous les chefs animaient le peuple au travail dès que *l'aurore parais-sait*; et le roi Idoménée, donnant partout les ordres lui-même, fai-sait avancer les ouvrages avec une *incroyable diligence*. FÉNÉLON.

LXXV.

Femme bel-esprit.

Une femme bel-esprit est le fléau de son *mari*, de ses *enfans*, de ses *amis*, de ses *valets*, de *tout le monde*. De la sublime élévation de son beau génie, elle dédaigne tous ses devoirs de *femme*, et commence par se faire homme à la manière de mademoiselle de l'Enclos. Au-dehors elle est toujours 'ridicule et très justement *critiquée*, parce qu'on ne peut manquer de l'être aussitôt qu'on sort de *son état*, et qu'on n'est point fait pour celui qu'*on veut prendre*. Toutes ces femmes à grands talens n'en imposent jamais qu'*aux sots*. On sait toujours quel est l'artiste ou l'ami qui tient la plume ou le pinceau quand *elles travaillent;* on sait quel est le discret homme de lettres qui leur dicte en secret *leurs oracles :* toute cette charlatanerie est indigne d'une *honnête femme.* Quand elle aurait de vrais talens, sa prétention *les avilirait :* sa dignité est d'être *ignorée;* sa gloire est dans *l'estime de son mari;* ses plaisirs sont dans le *bonheur de sa famille.* J.-J. ROUSSEAU.

LXXVI.

L'enthousiaste des tulipes.

Le fleuriste a un jardin dans un faubourg; il y court au lever du *soleil*, et il en revient *à son coucher.* Vous le voyez planté, et qui a pris racine au milieu des *tulipes* et devant la SOLITAIRE : il ouvre de grands yeux, il frotte ses mains, il se baisse, il la voit *de plus près;* il ne l'a jamais vue si *belle;* il a le cœur épanoui de *joie :* il la quitte pour l'ORIENTALE; de là il va à la VEUVE; il passe au DRAP D'OR, de celle-ci à l'AGATE; d'où il revient enfin à la SOLITAIRE, où il *se fixe*, où il *se lasse*, où il *s'assied*, où il oublie de *dîner;* aussi est-elle nuancée, bordée, huilée, à pièces emportées; elle a un beau vase ou un beau calice : il *la contemple*, il *l'admire.* Dieu et la nature sont en tout cela ce qu'il n'admire point; il ne va pas plus loin que l'oignon de *sa tulipe*, qu'il ne livrerait pas pour mille écus, et qu'il donnera pour rien quand les tulipes *seront négligées*, et que les œillets *auront prévalu.* Cet homme raisonnable, qui a une âme, qui a un culte et une religion, revient chez soi fatigué, *affamé*, mais fort content de sa journée: il a vu des *tulipes.* LA BRUYÈRE.

LXXVII.

Portrait du vieillard Termosiris, prêtre d'Apollon.

Ce vieillard avait un grand front chauve et un peu ridé; une barbe *blanche* pendait jusqu'à sa *ceinture;* sa taille était haute et *majestueuse ;* son teint était encore frais et *vermeil ;* ses yeux étaient vifs et *perçans*, sa voix *douce*, ses paroles simples et *aimables*. Jamais je n'ai vu un si vénérable vieillard : il s'appelait Termosiris ; il était prêtre d'Apollon, qu'il servait dans un temple de marbre que les rois d'Egypte avaient consacré à ce Dieu dans cette forêt. Le livre qu'il tenait était un recueil d'hymnes en l'honneur des Dieux. Il m'aborde avec amitié : nous nous entretenons. Il racontait si bien les choses passées, qu'on croyait les voir ; mais il les racontait courtement, et jamais ses histoires *ne m'ont lassé.* Il prévoyait l'avenir par la profonde sagesse qui lui faisait connaître les hommes et les *desseins* dont ils sont capables. Avec tant de prudence, il était gai, *complaisant ;* et la jeunesse la plus enjouée n'a point autant de grâce qu'en avait *cet homme* dans une *vieillesse si avancée :* aussi aimait-il les jeunes gens lorsqu'ils étaient *dociles*, et qu'ils avaient le *goût de la vertu*. FÉNÉLON.

LXXVIII.

M. de M... gouverneur de monseigneur le Dauphin.

Que lui manquait-il pour un si glorieux, mais si difficile ministère ? Du savoir ! Il avait acquis, par ses lectures *continuelles,* des habitudes dans tous les pays et dans tous les siècles ; il était devenu, pour ainsi dire, le spectateur et le *témoin* de la conduite de tous les princes ; il avait assisté à leurs *conseils* et à leurs *combats ;* il connaissait toutes les routes de la vertu et de la gloire *ancienne* et *nouvelle*. De la probité ! Rien n'était plus connu que son *équité*, son *désintéressement*, et la religion de *sa parole :* il pouvait instruire sans se rétracter et sans *se condamner soi-même ;* ses exemples n'affaiblissaient pas ses préceptes, et il n'avait point à justifier au prince ni aux courtisans la contrariété de ses *mœurs* et de ses *règles*. La piété ! Il avait connu Dieu, et l'avait toujours glorifié ; il avait regardé le libertinage comme un monstre, et dans la *cour* et dans les *armées*. Il avait appris dans la loi de Dieu ce qu'elle *défend* et ce qu'elle *ordonne :* censeur zélé des vices sans *aigreur*, sans *indiscrétion* chrétien de bonne foi sans *superstition*, sans *hypocrisie*. FLÉCHIER

LXXIX.

Mort horrible d'Astarbé.

La rage et l'impiété étaient peintes sur son visage mourant ;

on ne voyait plus aucun reste de cette beauté qui avait fait le malheur de tant d'hommes ; toutes ses grâces étaient *effacées;* ses yeux éteints roulaient dans *sa tête*, et jetaient des regards *farouches ;* un mouvement convulsif agitait ses lèvres, et tenait sa bouche ouverte d'*une horrible grandeur;* tout son visage, tiré et rétréci, faisait des grimaces *hideuses ;* une pâleur *livide* et une froideur *mortelle* avaient saisi *tout son corps.* Quelquefois elle semblait se ranimer; mais ce n'était que pour pousser des hurlemens. Enfin elle expira, laissant remplis d'horreur et d'*effroi* ceux qui la virent. Ses mânes impies descendirent sans doute dans ces tristes lieux où les cruelles Danaïdes *puisent éternellement de l'eau* dans des *vases percés*, où Ixion tourne à jamais *sa roue,* où Tantale, brûlant de soif, ne peut avaler l'eau qui *s'enfuit* de *ses lèvres*, où Sisyphe roule inutilement un rocher qui *retombe sans cesse*, et où Titye sentira éternellement, dans ses entrailles toujours renaissantes, un *vautour qui les ronge.* FÉNÉLON.

LXXX.

Caractère stupide de la brebis.

La brebis est absolument sans ressource et sans défense; le bélier n'a que de faibles armes; son courage n'est qu'une pétulance inutile pour *lui-même*, incommode pour *les autres :* les moutons sont encore plus timides que les brebis; c'est par crainte qu'ils se rassemblent si souvent en *troupeaux;* le moindre bruit extraordinaire suffit pour qu'ils se précipitent et se serrent *les uns contre les autres*, et cette crainte est accompagnée de la plus grande stupidité; car ils ne savent pas fuir le *danger,* ils semblent même ne pas sentir l'incommodité de leur *situation;* ils restent où ils se trouvent; à la *pluie*, à la *neige,* ils y demeurent opiniâtrément ; et, pour les obliger à changer de lieu et à *prendre une route,* il leur faut un chef, qu'on instruit à marcher le premier, et dont ils suivent tous les mouvemens *pas à pas :* ce chef demeurerait lui-même, avec le reste du troupeau, sans mouvement dans la *même place*, s'il n'était chassé par le *berger,* où excité par le chien *commis à leur garde*, lequel sait en effet veiller à *leur sûreté,* les *défendre*, les *diriger*, les *séparer*, les *rassembler*, et leur communiquer les *mouvemens qui leur manquent.* BUFFON.

LXXXI.

Conseils d'Arcésius à son petit-fils Télémaque.

Mon cher fils, toi-même, qui jouis maintenant d'une jeunesse si vive et si féconde en *plaisirs*, souviens-toi que ce bel âge n'es· qu'une fleur qui sera presque aussitôt séchée qu'*éclose!* Tu te verras changé insensiblement : les grâces *riantes*, les *doux* plaisirs qui t'accompagnent, la *force*, la *santé*, la *joie*, s'évanouiront comme un beau songe; il ne t'en restera qu'un triste *souvenir :* la vieillesse, languissante et ennemie des *plaisirs*, viendra rider ton *visage*, courber ton *corps*, affaiblir tes *membres*, faire tarir dans ton cœur la *source de la joie*, te dégoûter du présent, te faire craindre l'*avenir*, te rendre insensible à tout, excepté à la *douleur*. Ce temps te paraît éloigné : hélas ! tu te trompes, mon fils ; il *se hâte*, le voilà qui *arrive :* ce qui vient avec tant de rapidité n'est pas loin de *toi ;* et le présent qui s'enfuit est déjà bien loin, puisqu'il s'anéantit dans le *moment que nous parlons*, et ne peut plus *se rapprocher.* Ne compte donc jamais, mon fils, sur le présent; mais soutiens-toi dans le sentier *rude* et *âpre* de la vertu, par la vue de l'*avenir.* Prépare-toi, par des mœurs pures et par l'amour de la *justice*, une place dans l'*heureux séjour de la paix.* FÉNÉLON.

LXXXII.

Manière de satisfaire la curiosité des enfans.

La curiosité des enfans est un penchant de la nature qui va comme au-devant de l'instruction; ne manquez pas d'en profiter. Par exemple, à la campagne ils voient un moulin, et ils veulent savoir *ce que c'est;* il faut leur montrer comment se prépare l'aliment qui *nourrit l'homme.* Ils aperçoivent des moissonneurs, et il faut leur expliquer *ce qu'ils font*, comment on sème le blé,. et comment il se *multiplie* dans la *terre.* A la ville ils voient des boutiques où s'exercent plusieurs arts, et où l'on vend *diverses marchandises.* Il ne faut jamais être importuné de leurs *demandes ;* ce sont des ouvertures que la nature vous offre pour faciliter l'*instruction :* témoignez-y prendre plaisir; par là vous leur enseignerez insensiblement comment se font toutes les choses qui servent à l'*homme*, et sur lesquelles roule le *commerce.* Peu-à-peu, sans *étude particulière*, ils connaîtront la bonne manière de faire toutes ces choses qui sont de leur usage, et le juste prix de chacune ; ce qui est le vrai fonds de l'*économie*. Ces connaissances, qui ne doivent être méprisées de personne, puisque tout le monde a besoin de ne se pas laisser tromper dans sa *dépense*, sont principalement nécessaires aux *filles*. FÉNÉLON.

LXXXIII.

Simplicité nécessaire aux femmes.

Les femmes sont d'ordinaire encore plus passionnées pour la parure de l'esprit que pour celle du corps. Celles qui sont capa-bles d'étude, et qui espèrent de *se distinguer par là*, ont encore plus d'empressement pour leurs livres que pour *leurs ajustemens*. Elles cachent un peu leur science ; mais elles ne la cachent qu'*à demi*, pour avoir le mérite de la *modestie* avec celui de la *capacité*. D'autres vanités plus grossières se corrigent plus facile-ment, parce qu'on les *aperçoit*, qu'on *se les reproche*, et qu'elles marquent un *caractère frivole*. Mais une femme curieuse, et qui se pique de *savoir beaucoup*, se flatte d'être un génie supérieur dans son sexe : elle se sait bon gré de mépriser les amusemens et les *vanités* des autres femmes ; elle se croit *solide en tout*, et rien ne la guérit de *son entêtement* : elle ne peut d'ordinaire rien savoir qu'à demi ; elle est plus éblouie qu'*éclairée* par ce qu'elle sait. Elle se flatte de *savoir tout*; elle *décide*; elle se passionne pour un parti contre un autre dans toutes les disputes qui la surpassent, même en matière de *religion* : de là vient que toutes les sectes naissantes ont eu tant de progrès par des femmes qui les ont *insinuées* et *soutenues*. Les femmes sont éloquentes en *conversation*, et vives pour *mener une cabale*. Les vanités grossières des femmes déclarées vaines, sont beaucoup moins à craindre que ces vanités *sérieuses* et *raffinées* qui se tournent vers le bel-esprit pour briller par une apparence de *mérite solide*. Il est donc capital de ramener sans cesse mademoiselle votre fille à une *judicieuse simplicité*. FÉNÉLON.

LXXXIV.

Nestor inconsolable de la perte de son fils Pisistrate.

La douleur, jointe à la vieillesse, avait flétri son cœur, comme la pluie abat et *fait languir* le soir une fleur qui était le matin, pendant la *naissance de l'aurore*, la gloire et l'*ornement* des vertes campagnes. Ses yeux étaient devenus deux fontaines de lar-

mes qui ne *pouvaient tarir;* loin d'eux s'enfuyait le doux sommeil, qui *charme les plus cuisantes peines* : l'espérance, qui est
la vie du cœur de l'homme, *était éteinte en lui;* toute nourriture
était amère à cet *infortuné vieillard;* la lumière même *lui était
odieuse;* son âme ne demandait plus qu'à quitter son corps, et
qu'à se plonger dans l'éternelle nuit de l'*empire de Pluton.* Tous
ses amis lui parlaient en vain; son cœur en défaillance était dégoûté de toute amitié, comme un malade est dégoûté des *meil-
leurs alimens.* A tout ce qu'on pouvait lui dire de plus touchant,
il ne répondait que par des *gémissemens* et des *sanglots.* De temps
en temps on l'entendait dire : O Pisistrate, Pisistrate ! Pisistrate!
mon fils, tu m'appelles ! Je te suis, Pisistrate; tu me rendras la
mort douce. O mon cher fils! je ne désire plus, pour ton bien, que
de te revoir sur les rives *du Styx.* Il passait des heures entières
sans prononcer aucune parole, mais gémissant, levant vers le
ciel les mains, et les yeux noyés de *larmes.* Fénélon.

LXXXV.

Télémaque aux prises avec sa passion pour la nymphe Eucharis.

Télémaque ne répondait à ce discours que par des soupirs.
Quelquefois il aurait souhaité que Mentor l'eût arraché malgré
lui de l'*île;* quelquefois il lui tardait que Mentor fût parti, pour
n'avoir plus devant *ses yeux* cet ami sévère qui *lui reprochait sa
faiblesse.* Toutes ces pensées contraires agitaient tour-à-tour son
cœur, et aucune n'y était constante; son cœur était comme la
mer, qui est le jouet de tous les *vents contraires.* Il demeurait
souvent étendu et *immobile* sur le rivage de la mer, souvent dans
le fond de quelque bois *sombre,* versant des larmes amères, et
poussant des cris semblables aux *rugissemens d'un lion.* Il était
devenu maigre; ses yeux creux étaient pleins d'un *feu dévorant* :
à le voir pâle, *abattu* et *défiguré,* on aurait cru que ce n'était
point Télémaque. Sa beauté, son *enjouement,* sa *noble fierté,*
s'enfuyaient loin de lui. Il périssait, tel qu'une fleur qui, étant
épanouie le matin, répandait ses *doux parfums* dans la *campagne,* et se flétrit peu-à-peu vers le soir : ses vives couleurs *s'effa-
cent,* elle *languit,* elle se *dessèche;* et sa belle tête se *penche,*
ne pouvant plus se soutenir. Ainsi le fils d'Ulysse était aux
portes de la *mort.* Fénélon.

LXXXVI.

L'homme après le péché.

Tout change pour lui. La terre ne lui rit plus comme auparavant : il n'en aura plus rien que par un *travail opiniâtre ;* le ciel n'a plus cet *air serein ;* les animaux qui lui étaient tous, jusqu'aux plus odieux et aux plus farouches, un *divertissement innocent*, prennent pour lui des *formes hideuses ;* Dieu, qui avait tout fait pour son *bonheur,* lui tourne en un moment tout en supplice. Il se fait peine à lui-même, lui qui s'*était tant aimé.* La rébellion de ses sens lui fait remarquer en lui je ne sais quoi de honteux. Ce n'est plus ce premier ouvrage du créateur, où tout était *beau ;* le péché a fait un nouvel ouvrage, qu'*il faut cacher.* L'homme ne peut plus supporter sa honte et voudrait pouvoir la couvrir à ses *propres yeux.* Mais Dieu lui devient encore plus insupportable : ce grand Dieu, qui l'avait fait à sa ressemblance et qui lui avait donné des sens comme un secours nécessaire à *son esprit*, se plaisait à se montrer à lui sous une *forme sensible ;* l'homme ne peut plus souffrir sa présence : il cherche le fond des forêts, pour se dérober à celui qui faisait auparavant *tout son bonheur ;* sa conscience l'accuse avant que *Dieu parle ;* ses malheureuses excuses achèvent de le *confondre.* Il faut qu'il meure : le remède d'immortalité lui est ôté; et une mort plus affreuse, qui est *celle de l'âme*, lui est figurée par cette mort corporelle à laquelle il *est condamné.* Bossuet.

LXXXVII.

Avantage que les rois d'Egypte ont tiré du Nil.

Ce qu'ils ont fait du Nil est incroyable Il pleut rarement en Egypte ; mais ce fleuve, qui l'arrose toute par ses *débordemens réglés* , lui apporte les pluies et les *neiges* des autres pays. Pour multiplier un fleuve si bienfaisant, l'Egypte était traversée d'une infinité de canaux d'une *longueur* et d'une *largeur incroyables.* Le Nil portait partout la fécondité avec ses *eaux salutaires ;* unissait les villes entre elles, et la grande mer avec la *mer Rouge ;* entretenait le commerce *au-dedans et au-dehors* du royaume, et le fortifiait contre l'ennemi, de sorte qu'il était tout ensemble et le *nourricier* et le *défenseur de l'Egypte.* On lui abandonnait la campagne ; mais les villes , rehaussées avec des travaux immenses, et s'élevant comme des îles au *milieu des eaux*, regardaient avec joie, de cette hauteur, toute la plaine inondée et tout ensemble fertilisée par le Nil. Lorsqu'il s'enflait outre mesure, de grands lacs creusés par les rois tendaient *leur sein* aux *eaux répandues*. Ils avaient leurs décharges préparées ; de grandes écluses les ouvraient ou les fermaient selon le *besoin;* et les eaux, ayant leur retraite, ne séjournaient sur les terres qu'autant qu'il fallait pour les *engraisser*. BOSSUET.

LXXXVIII.

Les dieux dans l'Olympe.

De ce lieu ils aperçoivent les astres qui roulent sous leurs pieds; ils voient le globe de la terre comme *un petit amas* de boue; les mers immenses ne leur paraissent que comme des gouttes d'eau dont ce morceau de boue *est un peu détrempé;* les plus grands royaumes ne sont à leurs yeux qu'un peu de sable qui couvre la *surface de cette boue;* les peuples innombrables et les plus puissantes armées ne sont que comme des fourmis qui se disputent les unes aux autres un *brin d'herbe* sur ce *morceau de boue*. Les immortels rient des affaires les plus sérieuses qui agitent les *faibles humains*, et elles leur paraissent des *jeux d'enfans*. Ce que les hommes appellent grandeur, *gloire, puissance, profonde politique*, ne paraît à ces suprêmes divinités que *misère* et *faiblesse*. C'est dans cette demeure si élevée au-dessus de la terre que Jupiter a placé son trône immobile; ses yeux percent jusque dans l'*abîme* et éclairent jusque dans les *derniers replis des cœurs;* ses regards, doux et sereins, répandent le calme et la joie dans *tout l'univers*. Au contraire, quand il secoue sa chevelure, il ébranle le *ciel* et la *terre;* les Dieux mêmes, éblouis des rayons de gloire qui *l'environnent*, ne s'en approchent qu'avec *tremblement*. FÉNÉLON.

LXXXIX.

Tableau du lever du soleil.

Transportons-nous sur un lieu élevé avant que le soleil se lève. On le voit s'annoncer de loin par les traits de feu qu'il lance *au-devant de lui*. L'incendie augmente, l'orient paraît *tout enflammé :* à leur éclat on attend l'astre avant qu'*il se montre;*

à chaque instant on croit le voir paraître; on *le voit enfin*. Un point brillant part comme un *éclair,* et remplit aussitôt tout l'espace; le voile des ténèbres *s'efface* et *tombe;* l'homme reconnaît son séjour et le trouve *embelli.* La verdure a pris, durant la nuit, une *vigueur nouvelle;* le jour naissant qui *l'éclaire,* les premiers rayons qui la *dorent,* la montrent couverte d'un brillant réseau de rosée qui réfléchit la *lumière* et les *couleurs.* Les oiseaux en chœurs se réunissent et saluent de concert le *père de la vie:* en ce moment pas un seul *ne se tait.* Leur gazouillement, faible encore, est plus lent et plus doux que dans le reste de la journée; il se sent de la langueur *d'un paisible réveil.* Le concours de tous ces objets porte aux sens une impression de fraîcheur qui semble pénétrer *jusqu'à l'âme:* il y a là une demi-heure d'enchantement auquel nul homme ne résiste; un spectacle si grand, si *beau,* si *délicieux,* n'en laisse aucun de *sang-froid.* J.-J. ROUSSEAU.

XC.

La brebis confiée à la garde de l'homme.

Si l'on fait attention à la faiblesse et à la *stupidité* de la brebis; si l'on considère en même temps que cet animal sans défense ne peut même trouver son salut dans la *fuite;* qu'il a pour ennemis tous les animaux carnassiers, qui semblent le chercher de *préférence* et le dévorer par *goût;* que d'ailleurs cette espèce produit peu; que chaque individu ne vit que *peu de temps,* etc.; on serait tenté d'imaginer que, dès les commencemens, la brebis a été confiée à la garde de l'homme, qu'elle a eu besoin de sa protection pour *subsister* et de ses soins pour se *multiplier,* puisque en effet on ne trouve point de brebis sauvages dans les *déserts;* que, dans tous les lieux où l'homme ne commande pas, le lion, le tigre, le loup, règnent par la *force* et par la *cruauté;* que ces animaux de sang et de carnage vivent plus long-temps et multiplient tous beaucoup plus que la *brebis;* et qu'enfin, si l'on abandonnait encore aujourd'hui dans *nos campagnes* les troupeaux nombreux de cette espèce que nous avons tant multipliée, ils seraient bientôt *détruits sous nos yeux,* et l'espèce entière anéantie par le nombre et la *voracité des espèces ennemies.* BUFFON.

EXERCICES GRADUÉS

SUR

LA COMPOSITION FRANÇAISE.

SECONDE PARTIE.

XCI.

Portrait de Madame, duchesse d'O....

Considérez la princesse ; représentez-vous cet esprit qui, répandu par tout son extérieur, en rendait les grâces si vives : tout était *esprit*, tout était *bonté*. Affable à tous avec *dignité*, elle savait estimer les uns sans *fâcher les autres* ; et, quoique le mérite fût distingué, la faiblesse ne se sentait pas *dédaignée*. Quand quelqu'un traitait avec elle, il semblait qu'elle eût oublié son rang pour ne se soutenir que par *sa raison*. On ne s'apercevait pas qu'on parlât à *une personne si élevée* ; on sentait seulement au fond de son cœur qu'on eût voulu lui rendre au centuple la grandeur dont elle *se dépouillait si obligeamment*. Fidèle en *ses paroles*, incapable de *déguisement*, sûre à *ses amis* par la lumière et la droiture de son esprit, elle les mettait à couvert des *vains ombrages*, et ne leur laissait à craindre que *leurs propres fautes*. Très reconnaissante des services, elle aimait à prévenir les injures par *sa bonté* ; vive à *les sentir*, facile à *les pardonner*. Que dirai-je de sa libéralité ? Elle donnait non-seulement avec joie, mais avec une hauteur d'âme qui marquait tout ensemble et *le mépris du don* et *l'estime de la personne*. Tantôt par des paroles touchantes, tantôt même par *son silence*, elle relevait des présens ; et cet art de donner agréablement, qu'elle avait si bien pratiqué durant *sa vie*, l'a suivie, je le sais, jusqu'*entre les bras de la mort*. BOSSUET.

XCII.

Le cheval.

La plus noble conquête que l'homme ait jamais faite est celle de ce fier et fougueux animal, qui partage avec lui les fatigues de la *guerre* et la gloire des *combats*. Aussi intrépide que son maître, le cheval voit le péril et l'*affronte;* il se fait au bruit des armes, il *l'aime*, il *le cherche*, et s'anime de la *même ardeur;* il partage aussi ses plaisirs; à la chasse, aux *tournois*, à la *course*, il brille, il *étincelle;* mais, docile autant que courageux, il ne se laisse point emporter à son feu, il sait réprimer *ses mouvemens;* non-seulement il fléchit sous la main de celui qui le guide; mais il semble consulter *ses désirs;* et, obéissant toujours aux impressions qu'il en reçoit, il se précipite, se *modère* ou s'*arrête*, et n'agit que pour y satisfaire. C'est une créature qui renonce à son être, pour n'exister que par la volonté d'*un autre*, qui sait même *la prévenir*, qui, par la promptitude et la précision de ses mouvemens, l'exprime et *l'exécute;* qui sent autant qu'on *le désire*, et ne rend qu'autant qu'*on veut;* qui, se livrant sans réserve, ne se refuse *à rien*, sert de *toutes ses forces*, s'excède et même meurt pour *mieux obéir.* BUFFON.

XCIII.

Tempête essuyée par Télémaque allant de Tyr à l'île de Cypre.

Pendant qu'ils oubliaient ainsi les dangers de la mer, une soudaine tempête troubla le *ciel* et la *mer.* Les vents déchaînés mugissaient avec fureur dans les voiles; les ondes noires battaient les flancs du *navire*, qui gémissait sous leurs coups. Tantôt nous montions sur le dos des *vagues enflées;* tantôt la mer semblait se dérober sous le *navire*, et nous précipiter dans l'*abîme.* Nous apercevions auprès de nous des rochers contre lesquels les flots irrités se brisaient avec un *bruit horrible.* Alors je compris par expérience ce que j'avais souvent ouï dire à Mentor, que les hommes mous et abandonnés au plaisir manquent de courage dans les *dangers.* Tous nos Cypriens abattus pleuraient comme des *femmes;* je n'entendais que des *cris pitoyables*, que des regrets sur les délices de la vie, que de vaines promesses aux Dieux pour leur faire des sacrifices, *si on pouvait arriver au port.* Personne ne conservait assez de présence d'esprit ni pour ordonner les *manœuvres*, ni pour *les faire.* Il me parut que je devais, en sauvant ma vie, sauver *celle des autres.* Je pris le gouvernail en main, parce que le pilote, troublé par le vin omme une bacchante, était hors d'état de connaître le *danger du vaisseau :* J'encourageai les matelots effrayés ; je leur fis abaisser les *voiles ;* ils ramèrent vigoureusement : nous passâmes au travers des écueils, et nous vîmes de près *toutes les horreurs de la mort.* FÉNÉLON.

XCIV.

Portrait de l'homme riche.

Giton a le teint *frais*, le visage *plein* et les joues *pendantes*, l'œil *fixe* et *assuré*, les épaules *larges*, l'estomac *haut*, la démarche *ferme* et *délibérée ;* il parle avec confiance, il fait répéter celui qui l'entretient, et il ne goûte que médiocrement tout ce qu'il *lui dit ;* il déploie un ample mouchoir, et se mouche avec un *grand bruit ;* il crache *fort loin*, et il éternue *fort haut ;* il dort le jour, il dort la nuit, et profondément; il ronfle en *compagnie ;* il occupe à table et à la promenade plus de place qu'un autre ; il tient le milieu en se promenant avec *ses égaux ;* il s'arrête et l'on *s'arrête ;* il continue de marcher, et l'on *marche ;* tous se règlent sur lui : il interrompt, il redresse ceux qui ont la parole ; on ne l'interrompt pas, on l'écoute aussi long-temps qu'il *veut parler*, on est de son avis, on croit les nouvelles qu'il débite. S'il s'assied, vous le voyez s'enfoncer dans un *fauteuil*, croiser les jambes *l'une sur l'autre*, froncer le sourcil, abaisser son chapeau sur ses yeux pour ne voir *personne*, ou le relever ensuite, et découvrir son front par *fierté* et par *audace*. Il est enjoué, grand rieur, impatient, présomptueux, colère, libertin, politique, mystérieux sur les affaires du temps. Il se croit des talens et de l'*esprit ;* il est *riche*. LA BRUYÈRE.

XCV.

Dignité de l'homme démontrée par ses traits.

Tout marque dans l'homme, même à l'extérieur, sa supériorité sur tous les êtres vivans. Il se soutient *droit* et *élevé ;* son attitude est celle du *commandement ;* sa tête regarde le *ciel*, et présente une face auguste sur laquelle est imprimé le caractère de sa *dignité ;* l'image de l'âme y est peinte par la *physionomie ;* l'excellence de sa nature perce à travers les *organes matériels*, et anime d'un feu divin les *traits de son visage ;* son port *majes-*

tueux, sa démarche *ferme* et *hardie*, annoncent sa *noblesse* et son *rang* ; il ne touche à la terre que par ses extrémités les plus *éloignées*, il ne la voit que de loin et semble *la dédaigner*. Les bras ne lui sont pas donnés pour servir de piliers d'appui à la masse de *son corps* ; sa main ne doit pas fouler la *terre*, et perdre, par des *frottemens réitérés*, la finesse du toucher, dont elle est le principal organe : le bras et la main sont faits pour servir à des usages plus nobles, pour exécuter les ordres de la *volonté*, pour saisir les *choses éloignées*, pour écarter les *obstacles*, pour prévenir les *rencontres* et le *choc* de ce qui pourrait nuire, pour embrasser et retenir *ce qui peut plaire*, pour le mettre à portée des *autres sens*. BUFFON.

XCVI.

Côtes voisines de la ville de Tyr.

La côte voisine est délicieuse par sa fertilité, par les fruits exquis qu'*elle porte*, par le nombre de villes et de villages qui *se touchent presque*, enfin par la douceur de son climat ; car les montagnes mettent cette côte à l'abri des *vents brûlans du midi* : elle est rafraîchie par le vent du nord, qui souffle du côté de la mer. Ce pays est au pied du Liban, dont le sommet *fend les nues*, et va toucher les *astres* ; une glace éternelle *couvre son front* ; des fleuves pleins de neige tombent, comme des torrens, des pointes des rochers qui environnent sa tête. Au-dessous on voit une vaste forêt de cèdres antiques, qui paraissent aussi vieux que la *terre où ils sont plantés*, et qui portent leurs branches épaisses jusque vers les *nues*. Cette forêt a sous ses pieds de gras pâturages dans la pente de la montagne : c'est là qu'on voit errer les taureaux qui *mugissent*, les brebis qui *bêlent* avec leurs tendres agneaux bondissant sur l'herbe ; là coulent mille ruisseaux d'une *eau claire*. Enfin on voit au-dessous de ces pâturages le pied de la montagne, qui est comme un jardin : le printemps et l'automne y règnent ensemble pour y joindre les *fleurs* et les *fruits* ; jamais ni le souffle empesté du midi, qui *sèche* et qui *brûle tout*, ni le rigoureux aquilon, n'ont osé effacer les vives couleurs qui *ornent ce jardin*. C'est auprès de cette belle côte que s'élève, dans la mer, l'île où est bâtie la ville de Tyr. FÉNÉLON.

XCVII.

Caractère de l'âne.

Il est de son naturel aussi humble, aussi patient, aussi tranquille que le cheval est *fier*, *ardent*, *impétueux* ; il souffre avec constance, et peut-être avec courage, les *châtimens* et les *coups* ; il est sobre et sur la quantité et sur la qualité de la *nourriture* ; il se contente des herbes les plus dures, les plus désagréables, que le cheval et les autres animaux *lui laissent* et *dédaignent* ; il est fort délicat sur l'eau, il ne veut boire que de la plus claire, et aux ruisseaux qui lui sont connus ; il boit aussi sobrement qu'il mange, et n'enfonce point du tout son nez dans l'eau, par la peur que lui fait, dit-on, l'*ombre de ses oreilles*. Comme l'on ne prend pas la peine de l'étriller, il se roule souvent sur le *gazon*, sur les *chardons*, sur la *fougère* ; et, sans se soucier beaucoup de ce qu'on lui fait porter, il se couche pour se *rouler toutes les fois qu'il peut*, et semble par là reprocher à son maître *le peu de soin qu'on prend de lui :* car il ne se vautre pas, comme le cheval, dans la fange et dans l'eau ; il craint même de se mouiller les *pieds*, et se détourne pour *éviter la boue ;* aussi a-t-il la jambe plus sèche et plus nette que le cheval. Il est susceptible d'éducation, et l'on en a vu d'assez bien dressés pour *faire curiosité de spectacle*. BUFFON.

XCVIII.

Docilité, adresse et habileté du chien.

Plus docile que l'homme, plus souple qu'aucun des animaux, non-seulement le chien s'instruit en peu de temps, mais même il se conforme aux *mouvemens*, aux *manières*, à toutes les *habitudes* de ceux qui lui commandent. Il prend le ton de la maison qu'*il habite ;* comme les autres domestiques, il est dédaigneux chez les *grands* et rustre à la *campagne :* toujours empressé pour son maître et prévenant pour ses seuls amis, il ne fait aucune attention aux *gens indifférens*, et se déclare contre ceux qui, par état, ne sont faits que pour *importuner ;* il les connaît aux *vêtemens*, à la *voix*, à *leurs gestes*, et les empêche d'approcher. Lorsqu'on lui a confié, pendant la nuit, la garde de la maison, il devient plus *fier* et quelquefois *féroce ;* il veille, il fait la ronde, il sent de loin les étrangers ; et, pour peu qu'ils s'arrêtent ou tentent de franchir les barrières, il *s'élance*, *s'oppose*, et par des *aboiemens réitérés*, des *efforts* et des *cris de colère*, il donne l'alarme, *avertit* et *combat* : aussi furieux contre les hommes de proie que contre les animaux carnassiers, il *se précipite sur eux*, les *blesse*, les *déchire*, leur ôte ce *qu'ils s'efforçaient d'enlever;* mais, content d'avoir vaincu, il se repose sur les dépouilles, n'y touche pas, même pour *satisfaire son appétit*, et donne en même temps des exemples de *courage*, de *tempérance* et de *fidélité*. Buffon.

XCIX.

Caractère du chien.

Le chien, indépendamment de la beauté de sa forme, de la *vivacité*, de la *force*, de la *légèreté*, a par excellence toutes les qualités intérieures qui peuvent lui attirer les regards de l'homme. Un naturel ardent, colère, même *féroce* et *sanguinaire*, rend le chien sauvage redoutable à *tous les animaux*, et cède, dans le chien domestique, aux *sentimens les plus doux*, au plaisir de *s'attacher* et au désir de *plaire :* il vient en rampant mettre aux pieds de son maître son *courage*, sa *force*, ses *talens;* il attend ses ordres pour en faire usage ; il le consulte, il *l'interroge*, il *le supplie;* un coup-d'œil suffit, il entend les signes de *sa volonté*. Sans avoir, comme l'homme, la lumière de la pensée, il a *toute la chaleur du sentiment;* il a de plus que lui la fidélité, la constance dans ses *affections*, nulle ambition, nul intérêt, nul désir de vengeance, nulle crainte que celle de *déplaire :* il est tout zèle, tout ardeur et tout obéissance; plus sensible au souvenir des bienfaits qu'à celui des *outrages*, il ne se rebute pas par les *mauvais traitemens;* il les subit, les oublie, ou ne s'en souvient que pour *s'attacher davantage;* loin de s'irriter ou de fuir, il s'expose de lui-même à de *nouvelles épreuves*, il lèche cette main, instrument de douleur, qui vient de le frapper; il ne lui oppose que la plainte, et la désarme enfin par la *patience* et la *soumission*. Buffon.

C.

L'ombre de Fabricius aux Romains.

O Fabricius! qu'eût pensé votre grande âme, si, pour votre malheur, rappelé à la vie, vous eussiez vu la face pompeuse de cette Rome sauvée par *votre bras*, et que votre nom respectable avait plus illustrée que *toutes ses conquêtes?* « Dieux! eussiez-vous dit, que sont devenus ces toits de chaume et ces foyers rustiques qu'habitaient jadis la modération et la *vertu?* quelle splendeur funeste a succédé à la *simplicité romaine?* quel est ce langage *étranger?* quelles sont ces mœurs *efféminées?* que signifient ces statues, ces *tableaux*, ces *édifices?* Insensés, qu'avez-vous fait? Vous, les maîtres des nations, vous vous êtes rendus les esclaves des hommes frivoles *que vous avez vaincus!* ce sont des rhéteurs qui vous gouvernent! c'est pour enrichir des architectes, des *peintres*, des *statuaires* et des *histrions*, que vous avez arrosé de votre sang la Grèce et l'Asie! les dépouilles de Carthage sont la proie d'un joueur de *flûte!* Romains, hâtez-vous de renverser ces amphithéâtres; brisez ces *marbres*, brûlez ces *tableaux;* chassez ces esclaves qui *vous subjuguent,* et dont les funestes arts *vous corrompent.* Que d'autres mains s'illustrent par de vains talens : le seul talent digne de Rome est celui de conquérir le monde, et d'y faire *régner la vertu.* Quand Cynéas prit notre sénat pour une assemblée de rois, il ne fut ébloui ni par une *pompe vaine,* ni par une *élégance recherchée;* il n'y entendit point cette élégance frivole, l'étude et le charme des *hommes frivoles :* que vit donc Cynéas de si majestueux? O Citoyens! il vit un spectacle que ne donneront jamais vos richesses ni tous vos arts, le plus beau spectacle qui ait jamais paru sous le ciel, l'assemblée de deux cents hommes vertueux, dignes de commander à *Rome*, et de gouverner la *terre.* » J.-J. ROUSSEAU.

CI.

Portrait de madame de M....., gouvernante des enfans de France.

Elle eut toutes les qualités naturelles qui composent un mérite éminent, et qui attirent l'estime et la vénération publiques. Que ne puis-je vous décrire cet air *de grandeur*, et cette majesté accompagnée de *tant de grâces;* cet esprit si solide et *si délicat* tout ensemble; ce jugement si éclairé et si incapable d'être surpris, cette âme si noble et *si généreuse;* ce cœur si sensible à l'honneur et à la *véritable gloire!* Que ne puis-je vous marquer ici cette inclination bienfaisante qui n'a jamais perdu une occasion de servir *ceux qui ont eu besoin de son secours;* ces manières *civiles, humaines, officieuses,* qui lui ont gagné tant de cœurs; cette façon de s'exprimer *si juste* et *si naturelle ;* ce tour d'esprit particulier qui *rendait sa conversation si agréable ;* ces pensées toujours fondées sur *les principes de la raison* et sur l'expérience du grand monde, dont elle connaissait si bien toutes les *humeurs,* tous les *intérêts* et tous les *usages!* Que ne puis-je vous dire enfin ce que vous sauriez mieux que moi, si la douleur de l'avoir perdue ne vous faisait oublier pour un temps le plaisir que vous avez eu de la *posséder!* Quand vous ne sauriez ni le nom ni l'histoire de la personne dont je vous parle, quand vous auriez oublié toute la gloire de votre maison, ne reconnaîtriez-vous pas, dans *ce portrait que je viens de faire,* tous les traits d'une dame illustre capable de former l'esprit et le cœur des enfans du *plus grand monarque du monde,* de leur inspirer des paroles et des pensées dignes de *leur rang* et de *leur naissance;* d'imprimer dans leurs âmes encore tendres ces sentimens élevés qui distinguent les âmes royales d'avec *les âmes du commun,* de leur apprendre l'art de se faire aimer de leurs sujets avant qu'ils sachent se faire craindre de *leurs en-nemis,* de soutenir la gloire et les espérances d'un *grand royaume;* en un mot, d'être gouvernante d'un *Dauphin de France?* FLÉ-CHIER.

CII.

L'homme est le plus grand destructeur des animaux.

L'homme sait user en maître de sa puissance sur les animaux ; il a choisi ceux dont la chair flatte *son goût,* il en a fait des *esclaves domestiques,* il les a multipliés plus que *la nature ne l'aurait fait,* il en a formé des troupeaux nombreux; et, par les soins qu'il prend de les faire naître, il semble avoir acquis le droit de *se les immoler;* mais il étend ce droit bien au-delà de *ses besoins;* car, indépendamment de ces espèces qu'il s'est assujéties, et dont il dispose à son gré, il fait aussi la guerre aux *animaux sauvages,* aux *oiseaux,* aux *poissons;* il ne se borne pas même à ceux du climat qu'il habite, il va chercher au loin, et jusqu'au *milieu des mers,* de nouveaux mets, et la nature entière semble suffire à peine à *son intempérance* et à *l'inconstante variété de ses appétits.* L'homme consomme, en-gloutit lui seul plus de chair que tous *les animaux ensemble n'en dévorent;* il est donc le plus grand destructeur, et c'est plus par abus que par *nécessité :* au lieu de jouir modérément des biens qui *lui sont offerts*, au lieu de les dispenser avec *équité*, au lieu de réparer à mesure qu'*il détruit*, de renouveler lorsqu'*il anéantit*, l'homme riche met toute sa gloire à consommer, toute sa grandeur à perdre en un jour à sa table plus de biens qu'il n'en faudrait pour *faire subsister plusieurs familles*; il abuse également et des animaux et des hommes, dont le reste demeure affamé, languit dans la *misère*, et ne travaille que pour satisfaire à l'*appétit immodéré* et à la vanité *encore plus insatiable* de cet homme qui, détruisant les autres par la *disette*, se détruit lui-même par les *excès*. BUFFON.

CIII.

L'âne comparé au cheval.

L'âne n'est point un cheval dégénéré, il n'est ni étranger, ni intrus, ni bâtard; il a, comme tous les autres animaux, sa famille, son *espèce* et son *rang*; son sang est pur, et, quoique sa noblesse soit moins illustre, elle est tout aussi bonne, tout aussi *ancienne* que celle du *cheval*. Pourquoi donc tant de mépris pour cet animal si bon, si *patient*, si *sobre*, si *utile*? Les hommes mépriseraient-ils, jusque dans les animaux, ceux qui les servent *trop bien* et *à trop peu de frais*? On donne au cheval de l'éducation, on *le soigne*, on *l'instruit*, on *l'exerce*, tandis que l'âne, abandonné à la grossièreté du *dernier des valets*, ou à la malice des *enfans*, bien loin d'acquérir, ne peut que perdre par *son éducation*; et, s'il n'avait pas un grand fonds de bonnes qualités, il les perdrait en effet par *la manière dont on le traite* : il est le jouet, le *plastron*, le *bardeau* des rustres qui le conduisent *le bâton à la main*, qui le frappent, le surchargent, l'excèdent sans *précaution*, sans *ménagement*. On ne fait pas attention que l'âne serait par lui-même et pour nous le premier, le *plus beau*, le *mieux fait*, le *plus distingué* des animaux, si dans le monde il n'y avait point de cheval; il est le second au lieu d'*être le premier*, et par cela seul il semble n'être plus rien : c'est la comparaison qui *le dégrade* : on le regarde, on le juge, non pas en lui-même, mais *relativement au cheval*; on oublie qu'il est âne, qu'il a toutes les qualités de *sa nature*, tous les dons attachés à *son espèce*; et on ne pense qu'à la figure et aux qualités du cheval qui lui manquent et qu'il *ne doit pas avoir*. BUFFON.

4

CIV.

Caractère astucieux, hypocrite et violent de Louis XI.

Ce prince, impénétrable dans *ses desseins*, implacable dans *ses colères*, toujours soupçonneux et toujours *suspect*, accoutumé à tendre des pièges et à craindre pour lui *les pièges qu'il avait tendus*, odieux aux *autres* et à *lui-même*, traînait dans une triste retraite les misérables restes d'une vie qu'il avait passée à *troubler les autres* et à *s'inquiéter lui-même*. Dieu, qui punit souvent les pécheurs par leurs propres péchés, le livra à ses *chagrins* et à ses *soupçons*, et, faisant du sujet de ses passions la matière de ses *supplices*, permit qu'il fût déchiré par ses *propres défiances*, et que, après s'être fait craindre de tout le monde, il *craignît tout le monde aussi*. Il avait la mort sans cesse devant les yeux, non pas pour s'y préparer, mais pour *s'en défendre*. Quelque habile qu'il fût en l'art de feindre, il ne put dissimuler *cette faiblesse*. Plus touché du désir de conserver son autorité que de l'appréhension de *perdre son âme* ; entreprenant des pélerinages plutôt par timidité que par *pénitence* ; cherchant à se soutenir dans ses frayeurs et à calmer sa *conscience inquiète* par des dévotions superstitieuses, et, se faisant contre la mort comme un rempart d'images et de reliques de ces mêmes saints qui *l'ont si sagement attendue* ou *si généreusement endurée*, il cherchait vainement tous les secours imaginables ; et, ne pouvant rien se promettre ni de l'art ni de la nature, il se flattait enfin de l'espérance d'*une guérison miraculeuse.* « O mort ! que ta mémoire a d'amertume pour ceux qui vivent dans les *biens* et dans les *grandeurs de ce monde !* » Ce fut alors que ce prince, après avoir invoqué tous les saints du ciel, eut recours à *ceux de la terre*, et que, donnant tout pour son âme, ainsi que parle l'Ecriture, il envoya des ambassadeurs jusqu'au fond des montagnes de la Calabre, pour obliger François de Paule à venir faire un miracle en sa faveur, et à *lui prolonger sa vie.* Fléchier.

CV.

Portrait de l'homme pauvre.

Phédon a les yeux *creux*, le teint *échauffé*, le corps *sec* et le visage *maigre :* il dort peu, et d'un sommeil *fort léger*, il est abstrait, rêveur, et il a avec de l'esprit l'air d'*un stupide :* il oublie de dire ce qu'il sait, ou de parler d'évènemens

qui *lui sont connus;* et , s'il le fait quelquefois, il s'en tire
mal , il croit peser à ceux à qui il parle, il conte brièvement,
mais froidement, il ne se fait pas écouter, il *ne fait point rire:*il
applaudit, il sourit à *ce que les autres lui disent*, il est de leur
avis, il court, il vole pour leur rendre de petits services : il est
complaisant, flatteur, empressé : il est mystérieux sur *ses af-*
faires, quelquefois menteur : il est superstitieux, scrupuleux,
timide : il marche doucement et légèrement, il semble craindre
de *fouler la terre :* il marche les yeux baissés, et il n'ose les lever
sur *ceux qui passent* : il n'est jamais du nombre de ceux qui
forment un cercle pour discourir ; il se met derrière celui *qui*
parle, recueille furtivement ce qui se dit, et il se retire *si on le*
regarde : il n'occupe point de lieu, il *ne tient point de place*, il
va les épaules serrés, le chapeau abaissé sur ses yeux pour *n'être*
point vu ;il se replie et se renferme dans son manteau : il n'y a
point de rues ni de galeries si embarrassées et si remplies de
monde , où il ne trouve moyen de passer sans effort et de couler
sans *être aperçu.* Si on le prie de s'asseoir, il se met à peine sur
le bord d'un siège : il parle bas dans la conversation, et il arti-
cule mal : libre néanmoins sur les affaires publiques, chagrin
contre le siècle, médiocrement prévenu des ministres et du
ministère, il n'ouvre la bouche que pour *répondre :* il tousse, il
se mouche sous son chapeau , il crache presque sur soi, et il
attend qu'il soit seul pour éternuer, ou, si cela lui arrive,
c'est à *l'insu de la compagnie ;* il n'en coûte à personne ni salut,
ni compliment : il est *pauvre.* La Bruyère.

CVI.

Parallèle de Turenne et de Condé.

Vit-on jamais en deux hommes les mêmes vertus avec des
caractères si divers, pour ne pas dire *si contraires ?* L'un paraît
agir par des réflexions profondes , et l'autre par de soudaines
illuminations; celui-ci par conséquent plus vif, mais sans que *son*
feu eut rien de précipité; celui-là d'un air plus froid, sans *jamais*
avoir rien de lent, plus hardi à faire qu'à parler, résolu et déter-
miné au-dedans, lors même qu'*il paraissait embarrassé au-*
dehors. L'un, dès qu'il paraît dans les armées, donne une haute
idée de sa valeur, et fait attendre *quelque chose d'extraordinaire;*

mais toutefois s'avance par ordre et vient comme *par degrés* aux prodiges qui ont fini le cours de sa vie : l'autre, comme un homme inspiré, dès sa première bataille, s'égale *aux maîtres les plus consommés*. L'un, par de vifs et continuels efforts, emporte l'admiration du *genre humain*, et fait taire l'envie ; l'autre jette d'abord une si vive lumière, qu'elle n'osait l'attaquer. L'un enfin, par la profondeur de son génie et les incroyables ressources de *son courage* s'élève au dessus des plus grands périls, et sait même profiter de *toutes les infidélités de la fortune :* l'autre, et par l'avantage d'une si haute naissance, et par ces grandes pensées que *le ciel envoie*, et par une espèce d'instinct admirable dont *les hommes ne connaissent pas le secret*, semble né pour entraîner la fortune dans ses desseins et forcer les *destinées*. Et afin que l'on vît toujours dans ces deux hommes de grands caractères, mais divers, l'un, emporté d'un coup soudain, meurt pour son pays comme un Judas le Machabée ; l'armée le pleure comme *son père* ; et la cour et tout le peuple *gémissent ;* sa piété est louée comme son courage, et sa mémoire *ne se flétrit point par le temps :* l'autre, élevé par les armes au comble de la gloire comme un David, comme lui meurt dans *son lit*, en publiant les louanges de Dieu et instruisant *sa famille*, et laisse tous les cœurs remplis tant de l'éclat de sa vie que de la *douceur de sa mort*. Quel spectacle de voir et d'étudier ces deux hommes et d'apprendre de chacun d'eux *toute l'estime que méritait l'autre !* BOSSUET.

CVII.

Caractère du chat.

Le chat est un domestique infidèle qu'on ne garde que par *nécessité*, pour l'opposer à un autre ennemi domestique *encore plus incommode*, et qu'on *ne peut chasser :* car nous ne comptons pas les gens qui, ayant du goût pour toutes les bêtes, n'élèvent des chats que pour *s'en amuser ;* l'un est l'usage, l'autre l'abus ; et quoique ces animaux, surtout quand *ils sont jeunes*, aient de la gentillesse, ils ont en même temps une malice *innée*, un caractère *faux*, un naturel *pervers*, que l'âge augmente encore, et que l'éducation *ne fait que masquer*. De voleurs déterminés, ils deviennent seulement, lorsqu'*ils sont bien élevés*, souples et flatteurs comme les fripons ; ils ont la même *adresse*, la même *subtilité*, le même goût pour *faire le mal*, le même penchant *à la petite rapine :* comme eux ils savent couvrir *leur marche*, dissimuler *leur dessein*, épier les *occasions*, attendre, choisir, saisir l'*instant de faire leur coup*, se dérober ensuite *au châtiment*, fuir et demeurer éloignés jusqu'à *ce qu'on les rappelle*. Ils prennent aisément des habitudes de société , mais jamais des *mœurs :* ils n'ont que l'apparence de l'attachement ; on le voit à leurs mouvemens *obliques*, à leurs yeux *équivoques :* ils ne regardent jamais en face la personne aimée ; soit défiance ou fausseté , ils prennent des détours pour en approcher, pour chercher des caresses auxquelles ils ne sont sensibles que pour *le plaisir qu'elles leur font*. Bien différent de cet animal fidèle dont tous les sentimens se rapportent à *la personne de son maître*, le chat paraît ne sentir que pour soi, n'aimer que sous *condition*, ne se prêter au commerce que pour *en abuser* ; et, par cette convenance de naturel, il est moins incompatible avec l'homme qu'avec le chien, dans lequel tout *est sincère*. BUFFON.

CVIII.

Description de la ville de Tyr.

Cette grande ville semble nager au-dessus des eaux, et être la reine de la mer. Les marchands y abordent de *toutes les parties du monde*, et ses habitans sont eux-mêmes les plus fameux marchands qu'il y ait dans l'*univers*. Quand on entre dans cette ville, on croit d'abord que ce n'est point une ville qui appartienne à un peuple particulier, mais qu'elle est la *ville commune de tous les peuples*, et le centre de *leur commerce*. Elle a deux grands môles, semblables à deux bras, qui *s'avancent dans la mer*, et qui embrassent un vaste port où les vents *ne peuvent entrer*. Dans ce port, on voit comme une forêt de mâts de navires ; et ces navires sont si nombreux, qu'à peine peut-on découvrir la *mer qui les porte*. Tous les citoyens s'appliquent au commerce , et leurs grandes richesses ne les dégoûtent jamais du travail nécessaire pour *les augmenter*. On y voit de tous côtés le fin lin d'Egypte , et la pourpre Tyrienne deux fois teinte d'un éclat *merveilleux*. Cette double teinture est si vive que le temps *ne peut l'effacer :* on s'en sert pour des laines fines qu'on rehausse

d'une broderie d'or et d'argent. Les Phéniciens ont le commeı
de tous les peuples jusqu'au *détroit de Gades*, et ils ont mê
pénétré dans le vaste Océan qui *environne toute la terre*. Ils
fait aussi de longues navigations sur la mer Rouge; et c'est p
ce chemin qu'il vont chercher, dans les îles inconnues, de l'
des *parfums*, et divers animaux qu'*on ne voit point ailleurs*.
ne pouvais rassasier mes yeux du spectacle magnifique de cet
grande ville, où tout était en mouvement. Je n'y voyais poin
comme dans les autres villes de la Grèce, des hommes.*oisifs*
curieux qui vont chercher des nouvelles dans *la place publiqu*
ou regarder les étrangers qui *arrivent sur le port*. Les homm
sont occupés à décharger *leurs vaisseaux*, à transporter *leuı
marchandises* ou à *les vendre*, à ranger *leurs magasins*, et à teni
un compte exact de ce qui leur est dû par les *négocians étran
gers*. Les femmes ne cessent jamais ou de filer les *laines*, ou de fair
des dessins de *broderie*, ou de plier les *riches étoffes*. FÉNÉLON

CIX.

Description des Champs-Élysées.

Mille petits ruisseaux d'une onde pure arrosaient ces beaux
lieux, et y faisaient sentir une *délicieuse fraîcheur* : un nombre
infini d'oiseaux faisait résonner ces bocages de *leurs doux chants*.
On voyait tout ensemble les fleurs du printemps, qui *naissaient
sous les pas*, avec les plus riches fruits de l'automne, qui *pen-
daient des arbres*. Là jamais on ne ressentit les ardeurs de la *fu-
rieuse canicule;* là jamais les noirs aquilons n'osèrent souffler, ni
faire sentir les *rigueurs de l'hiver*. Ni la guerre *altérée de sang*,
ni la cruelle envie qui mord d'une *dent venimeuse*, et qui porte
toujours des vipères entortillées dans *son sein* et *autour de ses
bras*, ni les jalousies, ni les défiances, ni la crainte, ni les vains
désirs, n'approchent jamais de *cet heureux séjour de la paix*. Le
jour n'y finit point, et la nuit, avec ses sombres voiles, *y est in-
connue :* une lumière pure et douce se répand autour des corps
de ces hommes justes, et *les environne de ses rayons* comme
d'un vêtement. Cette lumière n'est point semblable à la lumière
sombre qui éclaire les *yeux des misérables mortels*, et qui n'est
que *ténèbres ;* c'est plutôt une gloire céleste qu'une lumière :
elle pénètre plus subtilement les corps les plus épais que les

rayons du soleil ne pénètrent le *plus pur cristal :* elle n'éblouit jamais, au contraire, elle *fortifie les yeux*, et porte dans le fond de l'âme *je ne sais quelle sérénité :* c'est d'elle seule que les hommes bienheureux sont nourris ; elle sort d'eux, et elle y entre ; elle les pénètre et s'incorpore à eux comme *les alimens s'incorporent à nous.* Ils *la voient*, ils *la sentent*, ils *la respirent ;* elle fait naître en eux une source intarissable de *paix* et de *joie :* ils sont plongés dans cet abîme de délices comme *les poissons dans la mer ;* ils ne veulent plus rien ; ils ont tout sans rien avoir, car ce goût de lumière pure apaise *la faim de leurs cœurs :* tous leurs désirs sont *rassasiés* ; et leur plénitude les élève au-dessus de tout ce que les hommes vides et affamés cherchent sur *la terre :* toutes les délices qui les environnent ne leur sont rien, parce que le comble de leur félicité, qui vient du dedans, ne leur laisse aucun sentiment pour *tout ce qu'ils voient de délicieux au dehors :* ils sont tels que les Dieux, qui, rassasiés de nectar et d'ambroisie, ne daigneraient pas se nourrir des viandes grossières qu'on leur présenterait à la *table la plus exquise des hommes mortels.* Tous les maux s'enfuient loin de ces lieux tranquilles : la *mort*, la *maladie*, la *pauvreté*, la *douleur*, les *regrets*, les *remords*, les *craintes*, les espérances mêmes qui coûtent souvent *autant de peines que les craintes*, les divisions, les dégoûts, les dépits, ne *peuvent y avoir aucune entrée.* FÉNÉLON.

CX.

Beauté de la forme du cheval.

Le cheval est, de tous les animaux, celui qui, avec une grande taille, a le plus de proportion et d'élégance dans *les parties de son corps :* car, en lui comparant les animaux qui *sont immédiatement au-dessus et au-dessous*, on verra que l'âne est *mal fait*, que le lion a la tête *trop grosse*, que le bœuf a les jambes *trop minces* et trop courtes pour la *grosseur de son corps*, et que les plus gros animaux, le rhinocéros et l'éléphant, ne sont, pour ainsi dire, que des *masses informes.* Le grand allongement des mâchoires est la principale cause de la différence entre la tête des quadrupèdes et *celle de l'homme ;* c'est aussi le caractère le plus ignoble de tous : cependant, quoique les mâchoires du cheval soient fort avancées, il n'a pas, comme l'âne, un air d'*imbé-*

cillité, ou de stupidité, comme *le bœuf;* la régularité des pro-
portions de sa tête lui donne au contraire un air de légèreté qui
est bien soutenu par *la beauté de son encolure.* Le cheval
semble vouloir se mettre au-dessus de son état de quadrupède
en *élevant sa tête :* dans cette noble attitude, il regarde l'homme
face à face; ses yeux sont *vifs* et *bien ouverts;* ses oreilles sont
bien faites et d'une *juste grandeur,* sans être courtes comme celles
du *taureau,* ou trop longues comme celles de l'*âne;* sa crinière
accompagne bien sa tête, orne son cou, et lui donne un *air de
force* et de *fierté;* sa queue, traînante et touffue, couvre et ter-
mine avantageusement l'*extrémité de son corps :* bien d`fférente
de la courte queue du *cerf,* de l'*éléphant,* etc., et de la queue nue
de l'*âne,* du *chameau,* du *rhinocéros,* etc., la queue du cheval
est formée par des crins *épais* et *longs* qui semblent sortir de la
croupe, parce que le tronçon dont ils sortent est fort court : il
ne peut relever sa queue comme le *lion,* mais elle lui sied mieux,
quoique abaissée; et, comme il peut la mouvoir de côté, il s'en
sert utilement pour *chasser les mouches qui l'incommodent :* car,
quoique sa peau soit très ferme, et qu'elle soit garnie partout
d'un *poils épais* et *serré,* elle est cependant *très sensible.* BUFFON.

CXI.

Félicité parfaite dont jouissent les bons rois dans l'Élysée.

Les hautes montagnes de Thrace, qui de leurs fronts couverts
de neige et de glace depuis l'origine du monde *fendent les nues,*
seraient renversées de leurs fondemens posés au centre de la
terre, que les cœurs de ces hommes justes ne *pourraient pas
même être émus :* seulement ils ont pitié des misères qui acca-
blent les hommes vivant dans le *monde;* mais c'est une pitié
douce et paisible qui n'altère en rien *leur immuable félicité.* Une
jeunesse *éternelle,* une félicité *sans fin,* une gloire *toute divine,*
sont peintes sur leur visage; mais leur joie n'a rien de folâtre,
ni d'indécent : c'est une joie *douce, noble, pleine de majesté;* c'est
un goût sublime de la vérité et de la vertu qui *les transporte :*
ils sont, sans interruption, à *chaque moment,* dans le même sai-
sissement de cœur où est une mère qui revoit son cher fils
qu'elle avait cru mort; et cette joie, qui échappe bientôt à la
mère, ne s'enfuit jamais du *cœur de ces hommes;* jamais elle ne
languit un instant, elle est toujours *nouvelle pour eux :* ils ont

le transport de l'ivresse, sans en avoir le *trouble* et l'*aveuglement.*

Ils s'entretiennent ensemble de ce qu'ils voient et de ce qu'ils goûtent ; ils foulent à leurs pieds les molles délices et les *vaines grandeurs* de leur ancienne condition, qu'ils *déplorent; ils* repassent avec plaisir ces tristes, mais courtes années où ils ont eu besoin de combattre contre *eux-mêmes* et contre le torrent des hommes corrompus, pour *devenir bons ;* ils admirent le secours des Dieux qui les ont conduits, comme par la main, à la *vertu,* au milieu de *tant de périls.* Je ne sais quoi de divin coule sans cesse au travers de leurs cœurs, comme un torrent de la divinité même qui *s'unit à eux :* ils voient, ils goûtent qu'ils sont heureux, et sentent qu'*ils le seront toujours.* Ils chantent les louanges des Dieux, et ils ne font tous ensemble qu'une seule *voix,* une seule *pensée,* un seul *cœur:* une même félicité fait comme un flux et reflux dans *ces âmes unies.*

Dans ce ravissement divin les siècles coulent plus rapidement que les heures parmi les *mortels,* et cependant mille et mille siècles écoulés n'ôtent rien à leur félicité *toujours nouvelle* et *toujours entière.* Ils règnent tous ensemble, non sur des trônes que la main des hommes *peut renverser,* mais en eux-mêmes, avec une puissance immuable ; car ils n'ont plus besoin d'être redoutables par une puissance empruntée d'un *peuple vil* et *misérable.* Ils ne portent plus ces vains diadèmes dont l'éclat cache *tant de craintes* et *de noirs soucis ;* les Dieux mêmes les ont couronnés de leurs propres mains avec des couronnes que *rien ne peut flétrir.* FÉNÉLON.

CXII.

Jésus-Christ proposé comme modèle aux enfans.

Quand les principes sont posés, il faut réformer tous les jugemens et toutes les actions de la personne qu'on instruit, sur le modèle de Jésus-Christ même, qui n'a pris un corps mortel que pour *nous apprendre à vivre et à mourir,* en nous montrant dans sa chair, semblable à la nôtre, tout ce que nous devons *croire et pratiquer.* Ce n'est pas qu'il faille à tout moment comparer les sentimens et les actions de l'enfant avec la vie de Jésus-Christ ; cette comparaison deviendrait *fatigante* et *indiscrète :* mais il faut accoutumer les enfans à regarder la vie de Jésus-Christ comme *notre exemple,* et sa parole comme *notre loi.* Choi-

sissez parmi ses discours et parmi ses actions, ce qui est le plus
proportionné à *l'enfant*. S'il s'impatiente de souffrir quelque incommodité, rappelez-lui le souvenir de *Jésus-Christ sur la croix* ;
s'il ne peut se résoudre à quelque travail rebutant, montrez-lui
Jésus-Christ travaillant jusqu'à trente ans dans une boutique ; s'il
veut être loué et estimé, parlez-lui des *opprobres dont le Sau-
veur s'est rassasié* ; s'il ne peut s'accorder avec les gens qui l'environnent, faites-lui considérer *Jésus-Christ conversant avec les
pécheurs et avec les hypocrites les plus abominables* ; s'il témoigne
quelque ressentiment, hâtez-vous de lui représenter *Jésus-Christ
mourant sur la croix* pour ceux-mème qui *le faisaient mourir* ;
s'il se laisse emporter à une joie immodeste, peignez-lui *la douceur* et *la modestie* de Jésus-Christ, dont toute la vie a été si
grave et si *sérieuse* : enfin faites qu'il se représente souvent ce
que Jésus-Christ penserait et ce qu'il dirait de nos conversations,
de nos *amusemens* et de nos *occupations les plus sérieuses*, s'il
était encore visible au milieu de nous. Quel serait, continuerez-
vous, notre étonnement, s'il paraissait tout d'un coup au *milieu
de nous*, lorsque nous sommes dans le *plus profond oubli de sa
loi ?* Mais n'est-ce pas ce qui arrivera à chacun de nous à la mort,
et au monde entier quand *l'heure secrète du jugement universel
sera venue ?* Alors il faut peindre le renversement de la *machine
de l'univers*, le soleil *obscurci*, les étoiles *tombant de leurs places*,
les élémens embrasés s'écoulant comme *des fleuves de feu*, les
fondemens de la terre *ébranlés jusqu'au centre*. De quels yeux,
ajouterez-vous, devons-nous donc regarder ce ciel qui *nous couvre*,
cette terre qui *nous porte*, ces édifices que *nous habitons*, et tous
ces autres objets qui *nous environnent*, puisqu'ils sont réser-
vés au feu ? Montrez ensuite les tombeaux *ouverts*, les morts
qui *rassembleront les débris de leurs corps*, Jésus-Christ qui
descendra sur les nues avec *une haute majesté*, ce livre ouvert
où seront écrites *jusqu'aux plus secrètes pensées des cœurs*, cette
sentence prononcée à la face de *toutes les nations* et de *tous les
siècles*, cette gloire qui s'ouvrira pour couronner à jamais les
justes, et pour les faire régner avec Jésus-Christ sur *le même
trône* ; enfin cet étang de *feu* et de *soufre*, cette nuit et cette horreur *éternelle*, ce grincement de dents et cette rage *commune avec
les démons*, qui sera le partage des *âmes pécheresses*. FÉNÉLON.

CXIII.

Evangile.

Ce divin livre, le seul nécessaire à un chrétien, et le plus utile de tous à *quiconque même ne le serait pas*, n'a besoin que d'être médité pour porter dans l'âme l'amour de son auteur, et la volonté d'accomplir *ses préceptes*. Jamais la vertu n'a parlé un *si doux langage ;* jamais la plus parfaite sagesse ne s'est exprimée avec *tant d'énergie et de simplicité*. On n'en quitte point la lecture sans se sentir *meilleur qu'auparavant*.

La majesté des Ecritures m'étonne, la sainteté de l'Evangile parle à mon cœur. Voyez les livres des philosophes avec toute toute leur pompe ; qu'ils sont *petits près de celui-là !* Se peut-il qu'un livre à-la-fois si sublime et si sage soit l'ouvrage des hommes ? Se peut-il que celui dont il fait l'histoire ne soit qu'*un homme lui-même ?* est-ce là le ton d'un enthousiaste ou d'un ambitieux sectaire ? Quelle douceur ! quelle pureté dans *ses mœurs !* quelle grâce touchante dans *ses instructions !* quelle élévation dans *ses maximes !* quelle profonde sagesse dans *ses discours !* quelle présence d'esprit, quelle finesse et quelle justesse dans *ses réponses !* quel empire sur ses passions ! où est l'homme, où est le sage qui sait agir, souffrir et mourir sans *faiblesse et sans ostentation ?* Quand Platon peint son juste imaginaire couvert de tout l'opprobre du crime et digne de tous les prix de la vertu, il peint trait pour trait *Jésus-Christ :* la ressemblance est si frappante que tous les pères l'ont sentie, et qu'il n'est pas possible de *s'y tromper.* Quels préjugés, quel aveuglement ne faut-il point avoir pour oser comparer le fils de Sophronisque au *fils de Marie !* quelle distance de l'un à l'autre ! Socrate, mourant sans *douleur,* sans *ignominie,* soutint aisément jusqu'au bout son personnage ; et, si cette facile mort n'eût honoré sa vie, on douterait si Socrate, avec *tout son esprit,* fût autre chose qu'un sophiste. Il inventa, dit-on, la morale ; d'autres avant lui l'avaient mise en pratique : il ne fit que dire *ce qu'ils avaient fait*, il ne fit que mettre en leçons *leurs exemples.* Aristide avait été juste avant que Socrate eût dit *ce que c'était que justice ;* Léonidas était mort pour son pays avant que Socrate eût fait un devoir d'*aimer la patrie ;* Sparte était sobre avant que Socrate *eût loué la sobriété;* avant qu'il eût loué la vertu, la Grèce *abondait en hommes vertueux.* Mais où Jésus avait-il pris chez les siens cette morale élevée et pure dont lui seul a donné les *leçons* et *l'exemple?* Du sein du plus furieux fanatisme la haute sagesse se fit entendre, et la simplicité des *plus héroïques vertus* honora le *plus vil de tous les peuples.* La mort de Socrate, philosophant tranquillement avec ses amis, est la *plus douce qu'on puisse désirer;* celle de Jésus, expirant dans les tourmens, injurié, raillé, maudit de tout un peuple, est la *plus horrible qu'on puisse craindre.* Socrate, prenant la coupe empoisonnée, bénit celui qui la lui présente et qui *pleure;* Jésus, au milieu d'un affreux supplice, prie pour *ses bourreaux acharnés.* Oui, si la vie et la mort de Socrate sont *d'un sage,* la vie et la mort de Jésus sont *d'un Dieu.* J.-J. ROUSSEAU.

CXIV.

Athènes et Lacédémone.

Parmi toutes les républiques dont la Grèce était composée, Athènes et Lacédémone étaient sans comparaison les principales. On ne peut avoir plus d'esprit qu'on en avait à *Athènes*, ni plus de force qu'on en avait à *Lacédémone.* Athènes voulait le *plaisir*, la vie de Lacédémone était *dure* et *laborieuse.* L'une et l'autre aimaient la gloire et la liberté; mais à Athènes la liberté tendait naturellement à la *licence;* et, contrainte par des lois sévères à Lacédémone, plus elle était réprimée au-dedans, plus elle cherchait à s'étendre en *dominant au dehors.*

Athènes voulait aussi dominer, mais par un autre principe : l'intérêt se mêlait à la *gloire.* Ses citoyens excellaient dans l'art de naviguer, et la mer où elle régnait *l'avait enrichie.* Pour demeurer seule maîtresse de tout le commerce, il n'y avait rien qu'elle ne voulût assujétir; et ses richesses, qui *lui inspiraient ce désir,* lui fournissaient le moyen de *le satisfaire.* Au contraire, à Lacédémone, l'argent était méprisé. Comme toutes ces lois tendaient à en faire une république guerrière, la gloire des armes était le seul charme dont *les esprits de ses citoyens fussent possédés.* De là naturellement elle voulait dominer; et plus elle était au-dessus de l'intérêt, plus elle *s'abandonnait à l'ambition.*

Lacédémone, par sa vie réglée, était ferme dans ses maximes et *dans ses desseins.* Athènes était plus vive, et le peuple y était trop maître; la philosophie et les lois faisaient, à la vérité, de beaux effets dans des naturels si exquis; mais la raison toute seule *n'était pas capable de les retenir.* Un sage Athénien, et qui connaissait admirablement le naturel de son pays, nous apprend que la crainte était nécessaire à ces esprits *trop vifs* et *trop libres,* et qu'il n'y eut plus moyen de les gouverner quand la victoire de Salamine *les eut rassurés contre les Perses.*

Alors deux choses les perdirent : la gloire de leurs belles actions et la sûreté où ils croyaient être. Les magistrats *n'étaient plus écoutés;* et, comme la Perse était affligée par une excessive sujétion, Athènes, dit Platon, ressentit les maux *d'une liberté excessive.*

Ces deux grandes républiques, si contraires dans *leurs mœurs* et dans *leur conduite,* s'embarrassaient l'une l'autre dans le dessein qu'elles avaient d'*assujétir toute la Grèce;* de sorte qu'elles étaient toujours ennemies, plus encore par la contrariété de leurs intérêts que par l'incompatibilité de *leurs humeurs.*

Les villes grecques ne voulaient la domination ni de l'une ni de l'autre; car, outre que chacune souhaitait pouvoir conserver sa liberté, elles trouvaient l'empire de ces deux républiques *trop fâcheux.*

Celui de Lacédémone était dur : on remarquait dans son peuple *je ne sais quoi de farouche.* Un gouvernement trop rigide et une vie trop laborieuse y rendaient les esprits trop *fiers,* trop *austères* et trop *impérieux;* joint qu'il fallait se résoudre à n'être jamais en paix sous l'empire d'une ville qui, étant formée pour la guerre, ne pouvait se conserver qu'en *la continuant sans relâche.* Ainsi les Lacédémoniens voulaient commander, et tout le monde craignait qu'*ils ne commandassent.*

Les Athéniens étaient naturellement plus doux et plus *agréables.* Il n'y avait rien de plus délicieux à voir que leur ville, où les fêtes et les jeux *étaient perpétuels;* où l'esprit, où la liberté et les passions donnaient tous les jours de *nouveaux spectacles.* Mais leur conduite inégale déplaisait à *leurs alliés* et était encore plus insupportable à *leurs sujets.* Il fallait essuyer les bizarreries d'un peuple flatté, c'est-à-dire, selon Platon, quelque chose de plus dangereux que celles d'*un prince gâté par la flatterie.* BOSSUET.

CXV.

François de Paule appelé auprès de Louis XI.

Un homme moins solide aurait cru qu'il fallait se hâter de
recevoir un honneur qu'on rendait à sa réputation et à *sa vertu*.
Il aurait regardé la France comme un théâtre propre à faire
éclater la gloire de Dieu, et par accident la *sienne propre*. Il
aurait porté le roi à la justice et à la piété; mais il aurait tâché
de gagner *ses bonnes grâces :* il eût pris cette occasion de mettre
en crédit son nouvel institut, et d'attirer la protection et *les
libéralités du prince*, en lui donnant au hasard des espérances
d'une *longue vie;* et, faisant les affaires de Dieu et de sa religion, il n'eût pas négligé les *siennes propres*.

Il y a certains intérêts délicats et certaines ambitions spiri-
tuelles que les dévots ne savent que trop accommoder avec la
vertu : leurs intentions ne sont pas toujours si pures qu'il n'y
entre un peu de *raison* et de *considérations humaines ;* et, dans
ce qu'il semble qu'ils font pour Dieu, ils ne laissent pas de donner quelque satisfaction à *leur amour-propre*. François ne se
meut par aucun de ces motifs. Ni les fatigues d'une longue pénitence, ni le désir d'avancer son ordre encore naissant, ni le
plaisir de se voir recherché par *le plus grand roi de la terre*, ni
la gloire d'aller annoncer aux grands du monde des vérités que
le monde ne leur apprend pas, ni l'espérance d'avoir un grand
royaume pour spectateur de *sa vertu;* rien ne l'éblouit, rien ne
l'ébranle. Il ne marche pas sans mission ; il faut que le souve-
rain pontife le lui commande, et qu'il mette à couvert toutes
ses vertus par l'*obéissance*.

Mais conservera-t-il dans cette occasion une si sainte indiffé-
rence? quand il verra la première tête du monde s'abaisser devant lui, ne sera-t-il point *attendri?* n'aura-t-il pas quelques
égards? n'apprendra-t-il pas dans la cour au moins un peu de
complaisance ? sera-t-il venu de si loin pour désoler un roi qui
se confie en *son pouvoir* et en *sa vertu;* et, s'il ne peut le guérir
par un miracle, ne tâchera-t-il pas de le consoler au moins de
quelque espérance? Il se répand autour des trônes certaines ter-
reurs qui empêchent de parler aux rois avec *liberté*. Le respect
qu'imprime leur majesté ferme la bouche à *ceux qui en approchent*, et la délicatesse qu'ils témoignent en tant de rencontres

est une barrière invincible qu'ils mettent entre eux et la *vérité*. Comme ceux qui les environnent ne tiennent à eux ordinairement que par des intérêts de fortune, les uns craignent de *les affliger*, les autres cherchent à *leur plaire;* les plus gens de bien même les plaignent souvent, et ne peuvent ou n'osent *les attrister*. Qu'il est dangereux qu'ils ne s'aperçoivent pas qu'ils sont en péril, et qu'ils ne meurent comme *ils ont vécu*, parmi la foule de leurs flatteurs, sans avoir pensé à *leur salut*, et sans avoir connu la *vérité!*

François, comme un ami fidèle et comme un prophète désintéressé, lui annonce sa mort, et non pas *sa guérison*. Sans être étonné de cette majesté si *fière;* sans prendre ces détours dont on se sert communément pour *rendre une triste nouvelle plus supportable;* sans craindre le courroux d'un roi de qui la dissimulation avait rendu la flatterie des courtisans presque *nécessaire*, et que la passion qu'il avait de vivre rendait intraitable à *quiconque l'osait avertir de sa mort;* François, dis-je, lui remontre non-seulement qu'il est mortel, mais encore qu'il est mourant, et qu'il est *mourant sans ressource*. Il lui imprime, par *ses exhortations* et par *ses paroles,* une crainte salutaire des jugemens de Dieu, et un désir efficace de *son salut*. Il lui fit entendre la vérité, qu'*il n'avait guère entendue;* plus puissant d'avoir apaisé les agitations de son âme que s'il eût guéri *la langueur* et *les infirmités de son corps,* et plus heureux de l'avoir mis en état de recevoir la miséricorde de Dieu, que s'il l'eût mis en état de conserver plus long-temps *son autorité parmi les hommes.* FLÉCHIER.

CXVI.

Mentor se sauve à la nage avec Télémaque.

Mentor me répondit: Le vrai courage trouve toujours *quelque ressource*. Ce n'est pas assez d'être prêt à recevoir tranquillement la mort; il faut, sans *la craindre*, faire tous ses efforts pour *la repousser*. Prenons, vous et moi, un de ces grands bancs de rameurs. Tandis que cette multitude d'hommes timides et troublés regrette la vie sans *chercher les moyens de la conserver,* ne perdons pas un moment pour *sauver la nôtre*. Aussitôt il prend une hache; il achève de couper le mât qui *était déjà rompu,* et qui, penchant dans la *mer,* avait mis le vaisseau sur *le côté;* il jette le mât hors du vaisseau, et s'élance dessus au milieu des *ondes*

furieuses; il m'appelle par mon nom, et m'encourage pour *le sui-*
vre. Tel qu'un grand arbre que tous les vents conjurés attaquent,
et qui demeure immobile sur *ses profondes racines,* en sorte que
la tempête ne fait qu'*agiter ses feuilles;* de même Mentor, non-
seulement ferme et *courageux,* mais doux et *tranquille,* semblait
commander aux vents et à *la mer.* Je le suis : eh! qui aurait pu
ne pas suivre, étant *encouragé par lui?* Nous nous condui-
sions nous-mêmes sur ce mât flottant. C'était un grand secours
pour nous, car *nous pouvions nous asseoir dessus;* et, *s'il eût fallu*
nager sans relâche, nos forces eussent été bientôt épuisées. Mais
souvent la tempête faisait tourner cette grande pièce de bois, et
nous nous trouvions *enfoncés dans la mer* : alors nous buvions
l'onde amère, qui coulait de notre *bouche,* de nos *narines,* et de
nos *oreilles;* et nous étions contraints de disputer contre les flots
pour *rattraper le dessus de ce mât.* Quelquefois aussi une vague,
haute comme *une montagne,* venait passer sur nous, et nous nous
tenions fermes, de peur que, dans *cette violente secousse,* le mât,
qui était notre unique espérance, ne *nous échappât.*

Pendant que nous étions dans cet état affreux, Mentor, aussi
paisible qu'il l'est maintenant sur ce siège de gazon, me disait :
Croyez-vous, Télémaque, que votre vie soit abandonnée aux
vents et *aux flots?* croyez-vous qu'ils puissent vous faire périr
sans l'ordre des Dieux? Non, non; les Dieux *décident de tout :* c'est
donc les dieux, et non pas *la mer,* qu'il faut craindre. Fussiez-
vous au fond des abîmes, la main de Jupiter *pourrait vous en*
tirer? fussiez-vous dans l'Olympe, voyant les astres sous vos
pieds, Jupiter pourrait vous plonger *au fond de l'abîme,* ou vous
précipiter dans les *flammes du noir Tartare.* J'écoutais et j'ad-
mirais ce discours, qui *me consolait un peu;* mais je n'avais pas
l'esprit assez libre pour *lui répondre.* Il ne me voyait point : je
ne pouvais le voir. Nous passâmes toute la nuit, tremblans de
froid et demi morts, sans savoir *où la tempête nous jetait.* Enfin,
les vents commencèrent à s'apaiser; et la mer, mugissant, res-
semblait à une jeune personne qui, ayant été long-temps irri-
tée, n'a plus qu'un reste de *trouble* et d'*émotion,* étant lasse de
se mettre en fureur : elle grondait sourdement, et ses flots n'é-
taient presque plus que comme *les sillons qu'on trouve dans un*
champ labouré.

Cependant l'Aurore vint ouvrir au soleil *les portes du ciel*, et nous annonça *un beau jour*. L'orient était *tout en feu*; et les étoiles, qui *avaient été si long-temps cachées*, reparurent, et s'enfuirent à l'*arrivée de Phébus*. Nous aperçûmes de loin la terre, et le vent nous en approchait : alors je sentis l'*espérance renaître dans mon cœur*. Mais nous n'aperçûmes aucun de nos compagnons: selon les apparences, ils *perdirent courage*, et la tempête *les submergea tous avec le vaisseau*. Quand nous fûmes auprès de la terre, la mer nous poussait contre *des pointes de rochers* qui nous eussent *brisés;* mais nous tâchions de leur présenter le *bout de notre mât*, et Mentor faisait de ce mât ce qu'un sage pilote fait du *meilleur gouvernail*. Ainsi nous évitâmes ces rochers affreux, et nous trouvâmes enfin une côte *douce* et *unie*, où nageant sans peine, nous *abordâmes sur le sable*. C'est là que vous nous vîtes, ô grande Déesse qui habitez cette île! c'est là que vous *daignâtes nous recevoir*. FÉNÉLON.

CXVII.

Les Perses comparés aux Grecs par rapport à l'art militaire.

L'art militaire avait, parmi eux, la préférence qu'il méritait comme celui à l'abri duquel tous les autres *peuvent s'exercer en repos;* mais jamais ils n'en connurent le fond, ni ne surent ce que peut, dans une armée, la sévérité, la *discipline*, l'*arrangement des troupes*, l'ordre *des marches* et *des campemens*, et enfin une certaine conduite qui fait remuer ces grands corps sans *confusion* et *à propos*. Ils croyaient avoir tout fait quand ils avaient ramassé sans choix un peuple *immense*, qui allait au combat assez résolument, mais sans *ordre*, et qui se trouvait embarrassé d'une multitude infinie de personnes inutiles que le roi et *les grands* traînaient après eux, seulement pour *le plaisir:* car leur mollesse était si grande, qu'ils voulaient trouver dans l'*armée* la même magnificence et les mêmes délices que dans les lieux où la cour *faisait sa demeure ordinaire;* de sorte que les rois marchaient accompagnés de leurs femmes, de leurs concubines, de leurs eunuques et *de tout ce qui servait à leurs plaisirs*. La vaisselle d'or et d'argent et les *meubles précieux* suivaient dans une *abondance prodigieuse*, et enfin tout l'attirail que demande *une telle vie*. Une armée composée de cette sorte et déjà

embarassée de la *multitude excessive de ses soldats*, était sur-
chargée par le nombre démesuré de *ceux qui ne combattaient
point*. Dans cette confusion, on ne pouvait se mouvoir *de concert*, les ordres ne venaient jamais *à temps*; et dans une action
tout allait *comme il pouvait*, sans que personne fût en état d'*y
pourvoir*. Joint encore qu'il fallait avoir fini bientôt, et *passer
rapidement dans un pays*; car ce corps immense et avide non-
seulement de *ce qui était nécessaire pour la vie*, mais encore de
ce qui servait au plaisir, consumait tout en peu de temps; et on
a peine à comprendre *d'où il pouvait tirer sa subsistance*.

Cependant, avec ce grand appareil, les Perses étonnaient les
peuples, qui ne savaient pas mieux la guerre qu'eux. Ceux même
qui la savaient se trouvèrent ou affaiblis par *leurs propres divisions*, ou accablés par *la multitude de leurs ennemis*, et c'est par
là que l'Egypte, toute superbe qu'elle était et de *son antiquité*,
et de *ses sages institutions*, et des conquêtes de *son Sésostris*,
devint sujette des Perses. Il ne leur fut pas mal aisé de dompter
l'Asie mineure et même les colonies grecques, que la mollesse de
l'Asie *avait corrompues*.

Mais, quand ils vinrent à la Grèce même, ils trouvèrent ce
qu'ils n'avaient jamais vu, une milice *réglée*, des chefs *entendus*,
des soldats *accoutumés à vivre de peu*, des corps *endurcis au
travail*, que la lutte et les autres exercices ordinaires dans ce
pays *rendaient adroits*; des armées médiocres à la vérité, mais
semblables à ces corps vigoureux où il semble que *tout soit
nerf*, et où tout *est plein d'esprit*; au reste si bien commandées
et si souples aux *ordres de leurs généraux*, qu'on eût cru que les
soldats n'avaient tous qu'*une même âme*, tant on voyait de
concert dans *leurs mouvemens* !

Mais ce que la Grèce avait de plus grand était une politique
ferme et *prévoyante*, qui savait abandonner, hasarder et défendre
ce qu'il fallait; et, ce qui est plus grand encore, un courage
que l'amour de la liberté et *celui de la patrie* rendaient *invincible*.

Les Grecs, naturellement pleins d'*esprit* et de *courage*, avaient
été cultivés de bonne heure par des rois et des colonies venues
d'Egypte, qui, s'étant établies dès les premiers temps en *divers
endroits du pays*, avaient répandu partout *cette excellente police*

des Egyptiens. C'est de là qu'ils avaient appris les exercices du corps, la *lutte*, la *course à pied*, la course *à cheval* et sur *des chariots*, et les autres exercices qu'ils mirent dans leur perfection par les glorieuses couronnes des *jeux olympiques.* Mais ce que les Egyptiens leur avaient appris de meilleur était à se rendre dociles et à *se laisser former* par les lois pour *le bien public.* Ce n'étaient pas des particuliers qui ne songent qu'à *leurs affaires*, et ne sentent les maux de l'état qu'*autant qu'ils en souffrent eux-mêmes*, ou que le repos de leur famille *en est troublé* : les Grecs étaient instruits à se regarder et à regarder leur famille comme partie d'un plus grand corps, qui *était le corps de l'état.* Les pères nourrissaient leurs enfans dans cet esprit; et les enfans apprenaient dès le berceau à regarder la patrie comme *une mère commune*, à qui ils appartenaient *plus encore qu'à leurs parens.* Le mot de civilité ne signifiait pas seulement, parmi les Grecs, la douceur et la déférence mutuelle qui *rend les hommes sociables :* l'homme civil n'était autre chose qu'un bon citoyen qui se regarde toujours comme *membre de l'état*, qui se laisse conduire par les lois, et conspire avec elles au *bien public*, sans rien entreprendre sur *personne.* Les anciens rois que la Grèce avait eus en divers pays, un Minos, un Cécrops, un Thésée, un Codrus, un Timène, un Cresphonte, un Eurystée, un Patrocle, et les autres semblables, avaient répandu cet esprit dans *toute la nation.* Ils furent tous populaires, non point en flattant le peuple, mais en *procurant son bien* et en *faisant régner la loi.* Bossuet.

FIN.

APPENDICE

CONTENANT

DES EXERCICES DE COMPOSITION

EN VERS.

***

CXVIII.

La Renommée.

Du vrai comme du faux la *prompte messagère*,
Qui s'accroît dans sa course, et d'une aile *légère*
Plus prompte que le temps, vole au-delà *des mers*,
Passe d'un pôle à l'autre, et remplit *l'univers*.
Ce monstre, composé d'yeux, de bouches, *d'oreilles*,
Qui célèbre des rois la honte ou *les merveilles*,
Qui rassemble sous lui *la curiosité*,
L'espoir, l'effroi, le doute et *la crédulité*,
De sa brillante voix, trompette *de la gloire*,
Du héros de la France annonçait la *victoire*.

VOLTAIRE, Henriade, chap. VIII.

CXIX.

Portrait de Richelieu et de Mazarin.

Richelieu, Mazarin, *ministres immortels*,
Jusqu'au trône élevés de l'ombre des *autels*,
Enfans de la fortune et *de la politique*,
Marcheront à grands pas au pouvoir *despotique*.
Richelieu, grand, sublime, implacable *ennemi ;*
Mazarin, souple, adroit et dangereux *ami ;*
L'un fuyant avec art et cédant *à l'orage ;*
L'autre aux flots irrités opposant *son courage ;*
Des princes de mon sang ennemis *déclarés ;*
Tous deux haïs du peuple, et tous deux *admirés ;*
Enfin, par leurs efforts ou *par leur industrie*,
Utiles à leurs rois, cruels *à la patrie*.

VOLTAIRE, Henriade, ch. VII.

CXX.

L'Honneur et l'Équité.

Sous le bon roi Saturne, ami *de la douceur*,
L'Honneur, cher Valincour, et l'Équité, *sa sœur*,

De leurs sages conseils éclairant *tout le monde*,
Régnaient, chéris du ciel, dans une paix *profonde*.
Tout vivait en commun sous ce couple *adoré* :
Aucun n'avait d'enclos, ni de champ *séparé*.

. . . .

L'honneur, beau par soi-même et sans vains *ornemens*,
N'étalait point aux yeux *l'or ni les diamans* ;
Et, jamais ne sortant de ses devoirs *austères*,
Maintenait de sa sœur les règles *salutaires* :
Mais, une fois au ciel *par les dieux* appelé,
Il demeura long-temps au séjour *étoilé*.

BOILEAU, Sat. IX.

CXXI.

L'Espérance et le Sommeil.

Du Dieu qui nous créa la clémence *infinie*,
Pour adoucir les maux *de cette courte vie*,
A placé parmi nous deux êtres *bienfaisans*,
De la terre à jamais aimables *habitans*,
Soutiens dans les travaux, trésors *dans l'indigence* :
L'un est le doux Sommeil, et l'autre est *l'Espérance*.
L'un, quand l'homme accablé sent de son faible corps
Les organes vaincus sans force et sans *ressorts*,
Vient par un calme heureux secourir *la nature*,
Et lui porter l'oubli des peines qu'elle *endure* ;
L'autre anime nos cœurs, enflamme *nos désirs*,
Et même, en nous trompant, donne de *vrais plaisirs* :
Mais aux mortels chéris, à qui le ciel *l'envoie*,
Elle n'inspire point une *infidèle joie* ;
Elle apporte de Dieu la promesse et *l'appui* ;
Elle est inébranlable et pure *comme lui*.

VOLTAIRE, *Henriade*, ch. VII.

CXXII.

Les différens âges.

Le temps, qui change tout, change aussi *nos humeurs* :
Chaque âge a ses plaisirs, son esprit et *ses mœurs*.
Un jeune homme, toujours bouillant *en ses caprices*,
Est prompt à recevoir l'impression *des vices* ;
Est vain dans *ses discours*, volage *en ses désirs*,
Rétif *à la censure*, et fou *dans les plaisirs*.
L'âge viril, plus mûr, inspire un air *plus sage*,
Se pousse auprès des grands, s'intrigue, *se ménage*,
Contre les coups *du sort* songe à se maintenir,
Et loin dans le présent regarde *l'avenir*.
La vieillesse chagrine incessamment *amasse* ;

Garde , non pas pour soi , les trésors qu'elle *entasse* ;
Marche en tous ses desseins d'un pas lent et *glacé* ;
Toujours plaint le présent et vante le *passé* :
Inhabile aux plaisirs dont la jeunesse *abuse*,
Blâme en eux les douceurs que l'âge *lui refuse*.

BOILEAU , Art poétique.

CXXIII.

Adam avant et après le péché.

Hélas ! avant ce jour qui perdit *ses neveux*,
Tous les plaisirs couraient au devant *de ses vœux.*
La faim aux animaux ne faisait point *la guerre ;*
Le blé, pour se donner, sans peine ouvrant *la terre ,*
N'attendait pas qu'un bœuf, pressé *de l'aiguillon ,*
Traçât à pas tardifs *un pénible sillon ;*
La vigne offrait partout des grappes *toujours pleines :*
Mais , dès ce jour, Adam , déchu *de son état,*
D'un tribut de douleur paya *son attentat.*
Il fallut qu'au travail son corps rendu *docile*
Forçât la terre avare à devenir *fertile.*
Le chardon importun hérissa *les guérets ;*
Le serpent venimeux rampa *dans les forêts ;*
La canicule en feu désola *les campagnes ;*
L'aquilon en fureur gronda *sur les montagnes.*
Alors, pour se couvrir durant *l'âpre saison ,*
Il fallut aux brebis dérober *leur toison.*
La peste , en même temps , la guerre *et la famine ,*
Des malheureux humains jurèrent *la ruine.*

BOILEAU.

CXXIV.

La peinture.

A de simples couleurs mon art , plein *de magie ,*
Sait donner du relief , de l'âme et *de la vie.*
Ce n'est rien qu'une toile ; on pense voir *des corps.*
J'évoque, quand je veux , les absens et *les morts.*
Je transporte les yeux aux confins *de la terre.*
Il n'est évènement ni d'amour, ni *de guerre ,*
Que mon art n'ait enfin appris *à tous les yeux.*
Les mystères profonds des enfers et *des cieux*
Sont par moi révélés ; par moi l'œil *les découvre.*
Que la porte du jour se ferme ou qu'elle *s'ouvre ;*
Que le soleil nous quitte, ou qu'il *vienne nous voir ;*
Qu'il forme un beau matin , qu'il nous montre *un beau so[ir]*
J'en sais représenter les images *brillantes.*
Mon art s'étend sur tout : c'est par mes mains *savantes*

Que les champs , les déserts , les bois et *les cités*
Vont en d'autres climats étaler *leurs beautés.*
Je sais qu'avec plaisir on peut voir *des naufrages,*
Et les malheurs de Troie ont plu *dans mes ouvrages.*
Tout y rit , tout y charme : on y voit *sans horreur*
Le pâle désespoir, la sanglante *fureur,*
L'inhumaine Clotho qui marche *sur leurs traces.*
Jugez avec quel trait je sais peindre les grâces.

La Fontaine.

CXXV.

Utilité des ennemis.

Sitôt que d'Apollon un génie *inspiré,*
Trouve loin du vulgaire un chemin *ignoré ,*
En cent lieux contre lui les cabales *s'amassent;*
Ses rivaux obscurcis autour de lui *croassent ;*
Et son trop de lumière , importunant *les yeux,*
De ses propres amis lui fait *des envieux :*
La mort seule ici-bas , en terminant *sa vie,*
Peut calmer sur son nom l'injustice et *l'envie ;*
Faire au poids du bon sens peser *tous ses écrits ,*
Et donner à ses vers leur légitime *prix.*

. . . .
    Toi donc qui , t'élevant sur la scène *tragique ,*
Suis les pas de Sophocle , et seul , de tant *d'esprits ,*
De Corneille vieilli sais consoler *Paris ,*
Cesse de t'étonner, si l'envie *animée ,*
Attachant à ton nom sa rouille *envenimée ,*
La calomnie en main quelquefois *te poursuit;*
En cela , comme en tout , le ciel qui *nous conduit,*
Racine , fait briller sa profonde *sagesse.*
Le mérite en repos s'endort *dans la paresse ;*
Mais par les envieux un génie *excité,*
Au comble de son art est mille fois *monté :*
Plus on veut l'affaiblir, plus il croît et *s'élance.*
Au Cid persécuté Cinna doit *sa naissance ;*
Et peut-être ta plume, aux censeurs *de Pyrrhus ,*
Doit les plus nobles traits dont tu peignis *Burrhus.*
    Moi-même , dont la gloire ici moins *répandue ,*
Des pâles envieux ne blesse point *la vue ;*
Mais qu'une humeur trop libre , un esprit *peu soumis,*
De bonne heure a pourvu *d'utiles ennemis ,*
Je dois plus *à leur haine ,* il faut que je l'avoue ,
Qu'au faible et vain talent dont la France *me loue.*
Leur venin , qui sur moi brûle *de s'épancher,*
Tous les jours , en marchant , m'empêche *de broncher.*
Je songe , à chaque traits que ma plume *hasarde ,*

Que d'un œil dangereux leur troupe *me regarde ;*
Je sais sur leurs avis corriger *mes erreurs ,*
Et je mets à profit *leurs malignes fureurs.*
Sitôt que sur un vice ils pensent me *confondre ,*
C'est en me guérissant que je sais *leur répondre ;*
Et plus en criminel ils pensent *m'ériger,*
Plus , croissant en vertu , je songe *à me venger.*
  Imite *mon exemple ;* et lorsqu'une cabale,
Un flot de vains auteurs *follement te ravale ,*
Profite de leur haine et *de leur mauvais sens ;*
Ris du bruit passager de leurs cris *impuissans.*
Que peut contre tes vers une ignorance *vaine ?*
Le Parnasse français , ennobli *par ta veine ;*
Contre tous ses complots saura *te maintenir,*
Et soulever pour toi *l'équitable avenir.*

BOILEAU , ép. VII.

FIN DE L'APPENDICE.

TABLE
DES MATIÈRES.

SECONDE PARTIE.

APPENDICE.

FIN DE LA TABLE DES MATIÈRES.